Jana Beek

wortreich-federleicht

Roman

Bibliographische Information der Deutschen Nationalbibliothek: Die Deutsche Nationalbibliothek verzeichnet diese Publikation in der Deutschen Nationalbibliographie, detaillierte bibliographische Daten sind im Internet über dnb.de abrufbar.

TWENTYSIX – Der Selfpublishing-Verlag
Eine Kooperation zwischen der Verlagsgruppe Random House und BoD – Books on Demand

© 2021 Beek, Jana

Herstellung und Verlag: Books on Demand, Norderstedt

ISBN: 9783740781279

Cover: Jana Beek

Der Moment, in dem er zum ersten Mal bemerkte, dass mit der Stromversorgung etwas nicht stimmte, war, als er sich eine Pause gönnte und zum Kühlschrank ging, um sich ein Glas Milch einzuschenken, aber das Gerät überhaupt nicht hell erleuchtet war, sondern dumpf, dunkel und geräuschlos dastand.

Karl-Gustav hatte redlich Mühe die Situation zu konzeptionalisieren. Eine Minute vorher war er noch bis zur Nasenspitze in seiner neuesten Abhandlung über das Sein vertieft gewesen und nun kam dieses Haushaltsgerät und stellte alles auf den Kopf.

Wütend schlug er die Tür zu und lief zurück zu seinem Schreibtisch, wo er völlig gedankenverloren darin versank mit einem Bleistift auf einem Papierfetzen herum zu kritzeln.

Am Nachmittag, als der Strom wieder reibungslos zu laufen schien, schaltete er seinen Computer an und rief Svetlana an, um mit ihr über den Zwischenfall zu sprechen.

„Der Kühlschrank... ach, ich meine alle Geräte..., was ist da los? Ich bin verwirrt", stammelte er, als er ihr Gesicht auf dem Bildschirm erblickte.

„Ich habe es auch schon bemerkt. Stromausfall", erwiderte sie und gähnte, setzte sich ihre Brille auf. „Ich habe die Gelegenheit genutzt und währenddessen ein Nickerchen gemacht, was blieb einem anderes übrig."

„Stromausfall? So etwas hat es noch nie gegeben, noch nie in meinem ganzen Leben", empörte Karl-Gustav sich. „Glaubst du… glaubst du, das ist der erste Schritt zum Weltuntergang? Geht jetzt alles zugrunde?"

„Was redest du da?"

„Ich hab das so im Gefühl, das ist der Beginn von etwas Furchtbarem, etwas Unheilvollem, etwas Gewaltigem."

„Hast du mal wieder zu viel Endzeitliteratur aus dem 21. Jahrhundert gewälzt? Du weißt, dass du nicht gut darauf ansprichst", sagte Svetlana und nahm einen Schluck aus ihrer Teetasse.

„Das hat nichts damit zu tun."

Er fing wieder an mit dem Bleistift Gitter zu entwerfen. Warum mussten sich alle Leute immer in sein Leben einmischen und alles besser wissen.

„Also stimmt es, du hast diesen Quatsch gelesen", Svetlana gähnte noch einmal ausgiebig. „Und ich dachte, du wolltest dich wieder dem Poststrukturalismus zuwenden, sozusagen zu deinen Wurzeln zurückkehren."

„Du lenkst vom Thema ab."

„Vergiss die Sache einfach, du lässt dich zu leicht aus dem Konzept bringen. Sobald deine gewohnten Routinen nicht funktionieren, fängst du an zu grübeln. Hast du diesen Mechanismus nicht durchschaut? Meine Güte, du schreibst Bücher über die

Welt und die Menschen, analysierst die verrücktesten Zusammenhänge, abstrahierst ganze Jahrhunderte der Geschichte der Philosophie, produzierst hochkomplexe Fachliteratur, und kannst nicht dein eigenes Verhalten reflektieren? Das nennt man wohl betriebsblind."

„Es ist nicht angemessen mein Verhalten zu pathologisieren. Das machst du immer, es ist der Wahnsinn mit dir", setzte Karl-Gustav entgegen, „dabei nimmst du dich selbst als den Normalfall. Für jemanden mit einer Persönlichkeitsstörung ist das ein ziemlich gewagtes Unternehmen."

Den letzten Satz hätte er nicht sagen sollen, es war irgendwie eine kindische Reaktion und bestätigte, wie sehr er sich einnehmen ließ von ihrer Beurteilung seines Handelns, als dass er Svetlana damit treffen konnte.

„Für mehr Empathie bin ich so kurz nach dem Aufwachen nicht fähig", sagte Svetlana und schaute matt in die Kamera.

Ihre kurzen braunen Haare waren leicht verstrubbelt, dunkle Augenringe hinter der Brille, blasse Lippen. Sie hatte ihre Erscheinung seit ihrem Kennenlernen nicht im Wesentlichen geändert, so wie es bei ihnen allen war. Sie wurden mit den Jahren einfach nur farbloser und abgearbeiteter.

In diesem Moment klopfte es an Karl-Gustavs Tür.

„Wer könnte das sein?", fragte er sich und kratze sich mit dem Bleistift an der Schläfe. „Ich muss Schluss machen."

Sie verabschiedeten sich und Karl-Gustav lief durch das Arbeitszimmer in den Flur, öffnete die Tür. Vor ihm stand ein Mädchen, ungefähr acht Jahre alt, mit weißer Bluse und tiefblauem Jackett, ihre dunkelblonden Haare waren zu zwei ordentlichen Zöpfen geflochten, auf dem Kopf ein schwarzer Hut mit schmaler Krempe.

„Ich komme wegen dem Vorstellungsgespräch", sagte sie.

Karl-Gustav hob die Augenbrauen.

„Wegen *des* Vorstellungsgesprächs meinst du wohl. Also das ist schon mal kein gelungener erster Eindruck."

Konnte die Jungend von heute überhaupt noch richtig lesen und schreiben oder wuchsen nur noch funktionale Analphabeten heran?

Das Mädchen lief rot an und senkte den Kopf.

„Und ich kann mich auch nicht erinnern, dass wir für heute etwas vereinbart hätten", Karl-Gustav zupfte an seinem Hemd herum und versuchte seine Gedanken zu ordnen. Diese ganzen Ablenkungen kamen ihm jetzt sehr ungelegen.

„Aber Herr Wolkebarth, wir haben vor zwei Wochen telefoniert, wissen Sie das nicht mehr?", fragte sie mit unsicherer Stimme.

„Ich suche momentan überhaupt keinen Lehrling", erwiderte er und wollte die Tür wieder schließen.

„Ich habe Ihnen meine Initiativbewerbung geschickt und Sie dann angerufen, wir haben diesen Termin ausgemacht", erklärte sie jetzt etwas forscher und stellte unauffällig den Fuß in die Tür.

Es konnte sein, dass da irgendwas war. Nach langen Schreibsessions konnte er sich oft nicht mehr richtig an Vorgänge erinnern. Irgendwelche vagen Erinnerungen waberten in seinem Kopf herum.

„Okay, komm rein", sagte er schließlich und öffnete die Tür wieder mehr, „ich kann mir wenigstens anhören, was du zu sagen hast."

Das Mädchen trippelte unübersehbar erfreut herein und sie gingen gleich ins Arbeitszimmer durch. Karl-Gustav merkte, dass er nur einen Stuhl besaß und wusste erstmal nicht, was er machen sollte. Er hatte nie Besuch. Es war schon Jahre her, dass er einen Lehrling hatte. Mit einem anderen Menschen in einem Raum, das stresste ihn.

Das Mädchen war wohl praktisch veranlagt, sie holte aus der Küche wortlos eine weitere Sitzgelegenheit und stellte demonstrativ ihre Aktentasche darauf ab. Hängte ihren Hut auf die Ecke der Lehne.

„Mein Name ist Helga Schulz und ich habe mich bei Ihnen beworben, weil sie landesweit die beste

Reputation...", begann sie sofort und lautstark ihren Vortrag.

„Ist schon okay", unterbrach er sie mit einer Handbewegung und merkte, dass sie sich förmlich an den Resten ihrer scheinbar einstudierten Rede verschluckte. „Ich will wissen was du drauf hast, ob wir intellektuell überhaupt zusammenpassen, ob wir auf demselben hohen geistigen Niveau kommunizieren können, ansonsten wäre das alles aussichtslos."

Helga schluckte deutlich, ihre Oberlippe zitterte unmerklich.

„Ich habe hier ein unveröffentlichtes Manuskript", sie zog einen Umschlag aus ihrer Tasche, „über intrapersonale Diskursanalyse, inspiriert von den Klassikern des 19. Jahrhunderts, verbunden mit New-Age-Strömungen aus der Postmoderne und ontologischen Einflüssen der Systemtheorie."

Karl-Gustav hob die Augenbrauen. „Dieser Theoriezweig ist schon lange in der Versenkung verschwunden, viel zu starr, viel zu technisch."

Er nahm den Umschlag entgegen und zog einen Stapel beiger Blätter aus ihm heraus.

„Elizabeth Wenke hat einen neuen Zugang erarbeitet, an ihr habe ich mich unter anderem orientiert", erklärte Helga.

Karl-Gustav lehnte sich zurück und begann zu lesen. Es war natürlich der Schreibstil einer Heranwachsenden, manches war nicht absolut sauber formuliert oder bedurfte der Überarbeitung. Er blätterte weiter. Es war schon lange her, dass er sich mit diesem Themenbereich beschäftigt hatte. Viel zu oberflächlich, wie er jetzt feststellte. Diese Auseinandersetzung hier eröffnete ihm ganz neue Aspekte, es war erfrischend und leicht, gleichzeitig tiefsinnig und anspruchsvoll zu lesen. Er blätterte weiter und weiter. Wurde immer mehr von Helgas Schreibstil und ihren Gedankengängen in den Bann gezogen. Unerwartete Wendungen und Formulierungen fesselten ihn. Der Text zog an ihm, umhüllte ihn, nahm alle seine Sinne ein. Tausend Ideen sprudelten in seinen Kopf, überschlugen sich, verwickelten sich ineinander, vereinnahmten ihn.

„Beeindruckend", sagte er schließlich und legte den Stapel zur Seite.

Es kostete ihn physische Kraft, sich loszureißen. Seine Augen schienen nach dem Text zu gieren, wanderten immer wieder zu dem Stapel, konnten und wollten sich auf nichts anderes mehr einlassen. Karl-Gustav setzte kurz die Brille ab und fuhr sich mit Zeigefinger und Daumen über die geschlossenen Augenlider.

„Wo hast du gelernt, so zu schreiben?", fragte er schließlich.

Helga zuckte mit den Schultern und schaute auf den Boden.

„In welcher Familie bist du aufgewachsen?" fragte er weiter.

„Ich…", sie schüttelte sachte den Kopf und setzte sich auf den Stuhl. „Sie waren auf die Verwaltungs-Software spezialisiert. Ich bin mit vier von meiner Familie weggegangen, habe meine erste Anstellung angenommen als Setzerin. Mit fünf Lektorat bei den Messerschmitts, mit sieben erste eigene Schreibaufträge als Freelancerin."

Karl-Gustav lief ein Schauer über den Rücken, er konnte nichts sagen. Seine Gedanken wanderten in seine eigene Vergangenheit, blieben an einigen Wegmarkern hängen. Er seufzte.

„Du kennst meinen Werdegang", sagte er schließlich und sein Blick verlor sich im irgendwo.

Helga nickte und räusperte sich.

„Ich muss sagen, du hast es geschafft, mich zu überraschen, das ist schon lange nicht mehr passiert. Der Text hier", er deutete auf den Stapel, „braucht noch einige Überarbeitungen, aber vom Grundsatz her ist es die richtige Richtung, du hast eine gute Schreibstimme."

Helga sah ihn sehr konzentriert an und ihm fiel das klare Grün ihrer Augen zum ersten Mal auf.

„Ich denke, wir können ein Arrangement finden", fügte er hinzu.

Ihr Gesicht hellte sich sofort auf.

„Aber", er bremste sie gleich mit einer Handbewegung, „ich dulde kein Dilettantentum, keine Schreibblockaden, keine unleserlichen Handschriften. Eine selbstständige Einarbeitung und Weiterbildung, ungewöhnliche Arbeitszeiten und Mehrsprachigkeit sind Mindestvoraussetzungen."

Helga nickte eifrig.

„Ich habe kein eigenes Zimmer für dich, nur eine Ecke in der Bibliothek."

„Kein Problem", Helga zuckte mit den Schultern.

„Hast du schon mal eine Druckmaschine bedient?", fragte Karl-Gustav.

Helga schüttelte den Kopf. Ihre Zöpfe wackelten hin und her.

„Am besten, ich zeige dir gleich mal alles", er stand auf und deutete ihr, ihm zu folgen.

Zusammen stiegen sie eine Kellertreppe nach unten. Er schaltete das Licht im Kellerraum ein. In der Mitte stand ein raumeinnehmendes riesiges Gerät mit etlichen Knöpfen, Hebeln, Rollen, Abdeckungen aus grauem Hartplastik, Walzen und Schubfächern. Drum herum zahlreiche Kisten mit unterschiedlichem Papier, Buchdeckeln und Schneideresten. Unter einem Tisch lag eine mittelgroße Drohne, die er mal aufgesammelt und repariert hatte, daneben ein ausgedienter Bildschirm und Computer-

Ersatzteile, die von der letzten Reparatur übrig geblieben waren.

„Sorry für die Unordnung", murmelte Karl-Gustav und schob Papierstreifen auf einem Schneidetisch zu einem Haufen zusammen. „Am Ende deiner Ausbildung solltest du das Ding benutzen können. Wir werden uns da Stück für Stück herantasten."

Helga lief um das Gerät herum und berührte es sachte mit den Fingerspitzen.

„Das... das ist eine Littera X3", hauchte sie. „Ich wusste nicht, dass die überhaupt noch in Betrieb sind. Wie viele wurden davon hergestellt?"

„Drei", erwiderte Karl-Gustav „Weißt du, wie lange es gedauert hat, bis die Software dafür programmiert war? Den Auftrag hatte ein Bekannter von mir übernommen, Günther Freiberg."

„*Der* Günther Freiberg?", Helga riss die Augen auf. „Der die revolutionäre Programmierung für den interkontinentalen Datenaustausch geschrieben hat?"

Karl-Gustav nickte. „Es hat ein paar Jahre gedauert, aber es hat sich gelohnt, der Buchdruck hier ist sicherlich der Beste auf dem ganzen Kontinent."

„Ich habe bei den Schneiders mit einer Printix 156 gearbeitet", erklärte Helga.

„Vergiss die", Karl-Gustav winkte ab und sie gingen wieder hoch, „billig und schnell, aber die Qualität ist unterirdisch."

„Buchdruck hat schon lange nicht mehr die Priorität, ich meine, die Informationsübermittlung an die anderen Kontinente läuft ja schon seit Jahrzehnten elektronisch", merkte Helga an.

„Natürlich", seufzte Karl-Gustav.

Es gefiel ihm, dass sie ihm nicht in allem zustimmte.

Oben angekommen öffnete er die Tür zu einem weiteren Zimmer im Erdgeschoss. Von Küche und Bad abgesehen war die Hausführung damit auch abgeschlossen.

„Hier ist die Bibliothek. Es ist schon lange her, dass hier jemand gewohnt hatte", sie schauten zusammen auf die deckenhohen Bücherregale, einen Tisch für Buchablage, einen kleinen Sekretär und eine schlichte Ecke mit Polstern.

„Ich hoffe, du findest dich zurecht", sagte er.

„Natürlich. Ich würde meinen Laptop gleich aufbauen, wenn es recht wäre", erwiderte Helga und lief an ihm vorbei in das Zimmer.

Karl-Gustav nickte und schloss die Tür hinter ihr.

Die Feder berührte die Eingabeoberfläche nur ganz sacht, unmerklich, angedeutet, während er seine Abhandlung Wort für Wort auf das digitale Medium übertrug.

„Das Sein ist vom Verlorensein nicht zu trennen und so stark von Orientierungslosigkeit geprägt, dass Auflösungserscheinungen allgegenwärtig sind."

Karl-Gustav rieb sich die Augen und versuchte die vor ihm verschwimmenden Buchstaben festzuhalten. Es war schon spät, viel zu spät. Er hatte gehofft das eine Kapitel fertig zu schreiben, aber er würde noch nicht einmal diesen Absatz schaffen.

Plötzlich schreckte er hoch. Er musste kurz eingenickt sein. Nein, da fehlte noch etwas, er setzte die Feder wieder an.

„Das Zerfallen ist unaufhaltsam und in unserer Gesellschaft extrem negativ behaftet. Wir bemühen uns stets, es zu verschleiern: wir geben uns unveränderliche Namen, haben eine Herkunft und einen Wohnsitz, aber das alles kann nicht darüber hinwegtäuschen, dass das Sein, dass unser Organismus, dass unsere Welt und das Universum sich in einem permanenten Prozess des Auseinanderdriftens befinden, der tragisch und heilsam zugleich ist. Das Alte zerfällt, das Neue entsteht."

Karl-Gustav setzte die Feder wieder ab. Fuhr sich durch die Haare und lehnte sich weit zurück.

Das war alles so banal, so nichtssagend, so flach und uninspiriert. Wieso produzierte sein Gehirn nur immer wieder dieselben Trivialitäten. Konnte er es sich wirklich anmaßen die Welt in ihren tiefsten Zusammenhängen zu begreifen, zu beschreiben und an andere weiter zu geben? Er war weit davon entfernt, er kratzte nur an der Oberfläche und verkündete unterkomplexe Schlussfolgerungen. Es war nicht zum Aushalten.

Er stand auf und lief ziellos in seinem Arbeitszimmer herum. Nahm schließlich ein Stück Papier und einen Bleistift und setzte den Lehrlingsvertrag für Helga auf. Hoffentlich würde das arme Kind irgendwas von ihm lernen. Sie hatte bestimmt eine völlig unrealistische Perspektive auf ihn und sein Schreibtalent, wäre in kürzester Zeit komplett desillusioniert.

Andererseits brauchte er dringend jemanden für das Lektorat und das Setzen, er kam seinen Schreibaufträgen kaum noch hinterher vor lauter Formatieren und Korrekturlesen.

Die Bibliothekstür öffnete sich und Helga trat ein. Heute trug sie ein hellblaues Hemd mit Krawatte, sehr adrett.

„Guten Morgen Herr Wolkebarth", sagte sie und zum ersten Mal bemerkte er die Zahnlücke in der obersten Zahnreihe. Stimmt, die Milchzähne, dachte er.

„Du kannst mich ruhig Karl-Gustav nennen", murmelte er.

„Was, wirklich?", staunte Helga.

„Hast du dich halbwegs eingerichtet? Die Wohnfläche ist leider sehr übersichtlich."

„Das Haus ist wunderschön, so aufgeräumt und klar strukturiert. Ist es noch aus der Wendezeit?"

„Genau", nickte Karl-Gustav, „die Zimmeraufteilung ist eigentlich ideal für einen einzelnen Schreiber, so wie damals ja oft gebaut wurde. Natürlich muss ich mit der Zeit immer mehr ausbessern und ersetzen. Zum Glück ist die Bausubstanz sehr stabil, da muss ich keine Angst haben, dass das Gebäude mal zusammenkracht. Ach ja", er trat an die Terassentür, „das ist der Garten", sie schauten gemeinsam nach draußen in einen sonnenbeschienen, undurchsichtigen grünen Dschungel aus Bäumen, Büschen und Beeten, „du kannst ihn dir gerne anschauen, das Licht ist mir jetzt zu viel", er unterdrückte ein Gähnen, „ich hoffe du hast ein Händchen für Gemüse und Früchte? Ich komme irgendwie nicht dazu."

„Klar, gehörte als Hilfskraft bei all meinen Anstellungen zum Aufgabenbereich", erwiderte Helga.

„Gutes Stichwort", sagte Karl-Gustav und lief wieder zum Schreibtisch, um den Arbeitsvertrag zu holen. „Das hier ist für dich, da steht alles Wichtige drin. Was du noch wissen solltest: Ich lege dir deine Aufträge auf den Schreibtisch und wenn du sie erledigt hast, dann hier rein", er zeigte auf eine schwarze Ablage an seinem Arbeitsplatz. „Fühl dich wie zu Hause, solange du die Littera und diese Sachen nicht ohne Absprache anrührst", er ließ seine Hand über den Computer, Bildschirm und die Eingabegeräte gleiten.

„Selbstverständlich Herr Wolkebarth…, ich meine Karl-Gustav", erwiderte Helga und lächelte wieder ihr Zahnlückenlächeln.

„Oh, ich sehe gerade, es sind neue Lieferungen eingetroffen", er lief zur Haustür und öffnete diese.

Die Drohne, die gerade zwei Päckchen in seinem Vorgarten abgeladen hatte, entfernte sich mit einem gedämpften Surren.

„Du wirst sicherlich bald die Nachbarschaft kennen lernen", Karl-Gustav nahm das eine Paket und trug es ins Haus, „da gegenüber wohnt Walther", er trat wieder raus und zeigte auf die andere Straßenseite, „er hat eine Kuh und versorgt mich mit Milchprodukten, sehr praktisch. Auch die anderen, sehr hilfsbereit, aber auch zurückgezogen. Du wirst es nicht anders kennen."

Als er das zweite Päckchen hereintrug, hört er das Klingeln seines Videotelefons am Computer. Er stellte die Kiste ab und lief zum Schreibtisch, um den Anruf entgegen zu nehmen.

„Dem Himmel sei Dank, du bist noch da", das verzweifelte Gesicht von Wilhelm Om erschien auf dem Bildschirm. Seine grauen Haare waren zerzaust, die Brille saß schief, der lange Bart stand in alle Richtungen ab.

„Was ist passiert?", rief Karl-Gustav sofort und ließ sich in den Stuhl fallen, Helga blieb hinter ihm stehen.

„Stromausfall! War bei euch nichts?", hechelte Wilhelm atemlos und etwas unkoordiniert in die Kamera. Karl-Gustav ahnte, dass Wilhelm auf den Schrecken bestimmt etwas getrunken hatte, das war leider sein Laster, das eines Schreibers sehr unwürdig war, weshalb er es stets zu verbergen versuchte.

„Du musst alle deine verfügbaren Akkus, Batterien, Stromspeicher aufladen, falls das überhaupt was bringt, ohne Strom werden wir sterben, das weißt du, oder?", rief Wilhelm erneut und gestikulierte wild herum.

„Was, was was?", stammelte Karl-Gustav und schüttelte den Kopf. „Hast du was gemerkt, gab es einen Stromausfall", er drehte sich zu Helga um.

Sie nickte hektisch. „Ich wusste nicht, was es zu bedeuten hatte. Als ich vorhin meinen Laptop anschalten wollte, es funktionierte nichts."

„Wer ist das?", fragte Wilhelm.

„Helga Schulz, meine neue Auszubildende. Aber viel wichtiger, was machen wir jetzt? Ich meine, was für Infos hast du zu der Sache?", fragte Karl-Gustav.

„Das alles kann nur eins bedeuten, das Gleichgewicht der Welt droht zu zerfallen, alles gerät aus den Fugen", rief Wilhelm und streckte die Hände in die Höhe.

Er hatte schon früher einen Hang zum Theatralischen, dachte Karl-Gustav, und Svetlana hielt ihm vor, *er* wäre hysterisch.

„Wir brauchen Informationen", sagte Karl-Gustav hilflos. „Wir müssen wissen, was da los ist. Moment, Svetlana ruft an, ich schalte sie zu."

„Hallo die Herren", sagte Svetlana lapidar. Ihre Haare waren sehr ordentlich mit einem Seitenscheitel frisiert, die weiße Bluse bis oben hin zugeknöpft. „Ich dachte, ich schaue mal nach euch. Oh, wer ist denn das Mädchen."

„Helga Schulz, neuer Lehrling", erwiderte Karl-Gustav. „Was weißt du über die Stromausfälle? Stimmt es, dass es einen Krieg geben soll?"

„Moment mal", unterbrach Svetlana ihn. „Helga, lass dir gesagt sein, Karl-Gustav ist ein herzensguter, aber zutiefst verunsicherter und störrischer Mensch, der viel zu selten nach draußen geht. Vielleicht kannst du ja dafür sorgen, dass etwas mehr Lebensfreude durch das Haus weht?"

„Äh", brachte Helga nur hervor und schaute auf den Boden.

„Irgendjemand muss etwas unternehmen", schaltete Wilhelm sich wieder ein und kam dabei sehr nah an die Kamera.

„Falls du es vergessen hast", erklärte Karl-Gustav leicht genervt, „wir leben seit der Wende in einer absolut dezentral organisierten Gesellschaft, es gibt niemanden, der das in die Hand nehmen könnte."

„Also sollen wir gar nichts machen und warten, bis sie uns den Saft ganz abdrehen und wir keinen Nachschub an Lebensmitteln, Medikamenten, Kleidung, Schuhen und Ersatzteilen für das Haus und die Geräte bekommen und einfach krepieren?", rief Wilhelm jetzt und man sah seinen Bart zittern.

„Geht es jetzt um deinen Nachschub für Schnaps, oder was?", sagte Karl-Gustav und biss sich gleich auf die Lippe. Das hätte er sich verkneifen sollen.

„Leute, langsam", schaltete sich Svetlana wieder ein, „es ist überhaupt noch nichts passiert…"

Doch sie wurde von Karl-Gustav und Wilhelm sofort unterbrochen, die beide protestierten und unverständliches Zeug auf sie einredeten.

„Ich habe eine Idee", sagte Helga schließlich in einer kurzen Pause des Tumults und alle Blicke richteten sich auf sie.

Karl-Gustav hob die rechte Augenbraue und fixierte ihr kindliches Gesicht, das merkwürdigerweise so viel Ruhe ausstrahlte.

„Wir schicken doch immer unsere Schriftstücke heraus, wenn ein Auftrag zu erledigen ist und bekommen andererseits Aufgaben zugeteilt", begann sie. „Ich meine, ich habe ja noch nicht die Berechtigung direkt mit den anderen Kontinenten zu kommunizieren, weil meine Ausbildung noch nicht beendet ist, aber bei euch läuft es ja so."

„Sie hat die Grundlagen unseres Wirtschaftssystems verstanden, bravo", kommentierte Wilhelm und drehte sich weg.

„Dann… dann wäre es doch das einfachste", fuhr Helga mit dünner Stimme fort, „man schickt mit dem nächsten Vorgang keinen Text, sondern eine Anfrage, was auf dem Kontinent der Energieversorgung eigentlich los ist."

Helga blickte in die Runde, doch niemand sagte etwas. Irgendwo im Hintergrund summte der Kühlschrank.

„Und warum ist von uns keiner darauf gekommen?", rief Karl-Gustav schließlich vorwurfsvoll.

„Du denkst sehr praktisch und direkt, das gefällt mir", nickte Svetlana anerkennend. „Aus welcher Tradition kommst du?"

„Retro-Tradition von Elizabeth, kannst du dir das vorstellen?", brummte Karl-Gustav.

„Ach ja, Elizabeth hat einen großen Einfluss auf die Jugend und hat ja schon zwei Lehrlinge, also bist du zu Karl-Gustav, verstehe. Sehr gute Wahl. Ich kann dir meine psychokonstruktivistischen Theorien aber auch sehr ans Herz legen", sagte Svetlana und so etwas wie ein Lächeln huschte über ihr Gesicht.

„Naja", sagte Wilhelm nur. Er wirkte sehr erschöpft.

„Okay, es gibt jetzt wichtigeres", bemerkte Karl-Gustav, „wer schickt diese Nachricht an den anderen Kontinent?"

„Ich mache es, ich habe hier noch einen Vorgang offen", seufzte Svetlana.

„Informiere uns bitte sofort, wenn du eine Antwort erhältst", erwiderte Karl-Gustav und sie verabschiedeten sich alle voneinander.

Karl-Gustav drehte den Bleistift zwischen Daumen und Zeigefinger hin und her. Ihm war nicht nach Schreiben zumute. Auch nicht nach Übertragen, Korrigieren, Sortieren oder Drucken. Was, wenn dieses fragile Gebilde der Weltwirtschaft zusammenbrach? Dieser Gedanke hatte voll und ganz Besitz von ihm ergriffen. Wenn dieser Austausch von Waren und Dienstleistungen nicht mehr funktionierte. Wenn die Lieferungen eingestellt werden würden. Vielleicht war dies der letzte Bleistift, den er besitzen würde. Er und die anderen waren maximal auf diese Kooperation angewiesen. Sie waren sonst nicht überlebensfähig.

„Ich habe uns einen Salat gemacht", unterbrach ihn Helga bei seinen Grübeleien und stand plötzlich neben ihm.

„Oh, das ist sehr freundlich von dir", Karl-Gustav schaute von seinem Schreibtisch auf und nahm den Teller entgegen.

„In deinem Garten ist ganz schön was los", bemerkte sie und setzte sich auf den Küchenstuhl neben ihm.

„Ja?", er nahm einen Bissen. „Ich habe da irgendwie den Überblick verloren. Welche Jahreszeit haben wir gerade? Ist Erntezeit?"

Helga lachte mit vollem Mund.

„Die Nachbarn rechts und links pflücken mal das ein oder andere und legen mir etwas vor die Tür. Es gibt dort einen alten Apfelbaum, oder?"

„Wir haben gerade Herbstanfang. Es wird jetzt etwas kühler, windiger", erklärte Helga und spießte ein Gurkenstück auf.

„Die Herbststürme?", fragte Karl-Gustav und dachte besorgt an sein Dach. Und dann noch der Winter, ob die Gasheizungen wie immer funktionieren würden?

Helga schüttelte den Kopf. „Das dauert noch, aber ohne Hut würde ich nicht rausgehen."

„Sowieso nicht."

„Ich denke noch zwei, drei Wochen dann kommen die Stürme, das wird turbulent."

„Unsere räumliche Nähe zur Bücherstadt wird uns noch irgendwann zum Verhängnis", sinnierte Karl-Gustav und nahm noch ein paar Bissen. „Diese merkwürdige Insel folgt ihren eigenen Gesetzmäßigkeiten und Gezeiten."

„Ich finde es eine schöne Vorstellung, wie die Blätter über die ganze Welt fliegen", sagte Helga und legte die Gabel ab. „Ich wünschte, meine Texte wären auch darunter."

„Das klappt bestimmt schneller als du denkst. Fühl dich bitte nicht genötigt für mich die Hauswirtschafterin zu spielen, ich erwarte das nicht. Schließlich sollst du eine eigenständige Schreibpersönlichkeit werden und so weiter", erklärte Karl-Gustav und stellte den leeren Teller ab.

„Das ist sehr freundlich von dir", Helga lächelte. „Ich habe noch einige Schreibprojekte, die ich umsetzen will. Und… ich stehe in Kontakt zu ein paar Leuten aus meinem Jahrgang, wir pflegen einen regelmäßigen Austausch."

„Das ist prima", nickte Karl-Gustav. „Sehr wichtig für die Qualität deiner Texte. Reger Austausch mit meinen Kollegen, Ehrgeiz, unermüdliches Schreiben und fortlaufende Selbstkritik sind die wichtigsten Aspekte, damit du eine der Besten wirst."

„Ich werde sicher nicht so gut werden wie du", entgegnete Helga und stellte die leeren Teller zusammen.

„Mach dir darum erstmal keine Gedanken", winkte Karl-Gustav ab. „Mit acht Jahren kann man sich das noch nicht vorstellen."

„Du hast mit acht deine erste Monographie veröffentlicht", erwiderte Helga.

„Das Buch war miserabel geschrieben… Voller Fehlschlüsse und Inkonsistenzen, also nicht der Rede wert."

Helga schmunzelte.

„Du hast mir heute noch gar keine Aufgabe erteilt", sie stand auf und nahm die Teller vom Schreibtisch.

„Ach ja…", Karl-Gustav kratzte sich am Hinterkopf, „ich muss mich noch daran gewöhnen, dass du da bist, wir müssen in einen Arbeitsrhythmus kommen. Also… zuerst lege ich dir etwas zum Korrekturlesen hin und dann sehen wir weiter… Ich muss auch unbedingt einen weiteren Stuhl bestellen, sofern das überhaupt noch geht. Vielleicht noch ein Gedeck, fällt dir noch etwas ein, was wir brauchen?"

Helga schaute nach oben und machte ein nachdenkliches Gesicht.

„Besitzt du Töpfe?", fragte sie.

„Bestimmt irgendwo, ich kann mich erinnern mal einen gesehen zu haben vor ein paar Monaten."

Helga hob die rechte Augenbraue und schaute skeptisch.

„Bitte auf die Liste setzen, zwei Töpfe, einen großen und einen kleinen, und eine Pfanne. Dann noch eine Bettdecke, ein Kissen, eine Gartenschere, einen Rechen, eine Schaufel und zwei Bleistifte, wenn das ginge."

„Kein Problem", sagte Karl-Gustav und versuchte möglichst unauffällig zu klingen.

Was wollte sie mit all diesen Sachen? Das war doch unnötig. Bis auf die Bleistifte war er bisher auch ohne das Zeug ausgekommen. Na gut, er wollte sich mal darauf einlassen.

Etwas später legte er wie versprochen den ersten Text in Helgas Fach. Danach juckte es ihn in den

Fingern Svetlana anzurufen und zu fragen, ob sie schon eine Antwort auf ihre Anfrage erhalten hatte. Er ließ es bleiben, sie würde ihn sicher sofort verständigen.

Stattdessen wickelte er die neueste Bestellung ab und überflog kurz die aktuellen Neuerscheinungen. Es waren ein paar interessante Texte dabei, deren Titel er sich gleich notierte. Wenig aus der Philosophie, dafür eine soziologische Abhandlung über die Effekte der Dezentralisierung, eine psychologische Analyse der frühkindlichen Entwicklungen von Schreibern, eine historische Auseinandersetzung mit der europäischen Literatur des 18. Jahrhunderts. Dabei stolperte er über einen Aufsatz von Georg in einem Sammelband. Sein Name löste ein ungutes Gefühl in ihm aus und er wollte auch gar nicht wissen, um was es da ging. Immerhin war er produktiv und entwickelte sich auf seinem Fachgebiet, Forschungen zum Anthropozän, weiter.

Um sich abzulenken spitzte Karl-Gustav seinen Bleistift und hörte dumpf, wie Helga im Nebenzimmer lebhaft telefonierte. Die jungen Leute hatten noch die richtige Lebensenergie, waren ganz anders drauf als seine Generation, die sich sklavisch der Arbeit verschrieben und vieles andere aus dem Blick verloren hatten. Zwischenmenschliche Beziehungen zum Beispiel, womit Georg wieder vor seinem geistigen Auge auftauchte. Aber das war alles vergangen.

Karl-Gustav nahm die graue Feder in die Hand, um seinen Textentwurf einzugeben und zu digitalisieren. Doch es wollte keine rechte Schreibstimmung aufkommen. Er drehte die Feder sachte zwischen den Fingern. Sie war neben der Littera X3 sein kostbarster Besitz. Unendlich schwer zu beschaffen, da sie von den Vogelmenschen stammte, die in unerreichten Höhen auf dem Kontinent der Energiegewinnung hausten.

Mit grün oder rot konnte er nicht schreiben. Die ihm vorbestimmte Feder musste anthrazit sein, fast so dunkel wie die Nacht, mit einem leicht silbrigen Schimmer und einer samtenen Oberfläche.

Und mehr noch, von dieser Feder, und da mochte man ihn für verrückt erklären, ging eine Aura aus, die von ewigen Weiten, einem unendlichen Horizont, skurrilen Wesen, unbeschreiblichen Wendungen des Lebens erzählte. Eine Feder, die ihren Besitzer scheinbar schwerelos und leicht durch die Welt trug, die unbegreifliche Lebensformen begleitete und die auch im schlimmsten Fall in tausend Federscherben zerbrach.

Was würde er dafür geben den Träger dieser Feder kennen zu lernen. Es musste eine mystische, eine überirdische Person sein.

„Karl-Gustav", sagte Helga hinter ihm und er zuckte zusammen. „Es tut mir leid, ich wollte dich nicht erschrecken."

Er legte die Feder zurück in das hölzerne Kästchen, aus dem er sie genommen hatte und verschloss es.

„Ich wollte dir nur sagen, dass ich kurz rausgehe", fuhr Helga fort.

„Raus? Wohin?", fragte Karl-Gustav und kratzte sich am Hinterkopf.

„Ich schaue mir mal die Gegend an", Helga zuckte mit den Schultern. „Was es hier alles so gibt."

„Was es hier gibt", wiederholte Karl-Gustav und stand vom Stuhl auf.

„Also, dann bis später", rief sie und war schon zur Tür heraus.

Nach ein paar Tagen, es kam Karl-Gustav wie eine quälend lange Zeit vor, in der es mindestens drei Stromausfälle gegeben hatte, die jedes Mal sein Herz zum kurzfristigen Stillstand gebracht hatten, nach ein paar Tagen also meldete sich Svetlana endlich per Videoanruf.

Karl-Gustav wusste sofort, als ihre Gestalt auf dem Bildschirm erschien, dass sie keine guten Nachrichten hatte. Ihre Haare waren zerzaust und die graue Bluse zerknittert, hinter der Brille dunkle Augenringe. Sie nuschelte irgendwas, was er nicht verstand.

„Was hast du gesagt, ich kann dich nicht verstehen", rief Karl-Gustav einen Tick zu forsch.

„Ich habe nur gesagt", entgegnete Svetlana schrill, „dass ich heute eine Antwort auf meine Anfrage erhalten habe."

Helga kam aus der Bibliothek und setzte sich neben Karl-Gustav vor den Bildschirm.

„Warte, Wilhelm müsste auch gleich dazu kommen", nuschelte Svetlana und schien irgendwas in ihrem Schreibtisch zu kramen.

Endlich tauchte der wirre Kopf von Wilhelm auf, er grüßte nicht, sondern schaute gleich sehr streng.

„Also wie ihr euch schon denken könnt, gibt es keine guten Nachrichten", Svetlana hantierte mit Blättern und Karl-Gustav knetete sich vor Aufregung die Hände. „Ich lese euch jetzt vor, was ich übermittelt bekommen habe. Auf dem Kontinent der Energieversorgung…"

Zack, mit einem Schlag gingen alle Geräte aus.

„Was soll das?", schrie Karl-Gustav und sprang auf.

„Wieder ein Stromausfall", sagte Helga resigniert.

„Gerade jetzt?", rief Karl-Gustav und stieß versehentlich gegen den Schreibtisch.

Es war stockdunkel. Er hatte gar nicht bemerkt, dass es schon Abend geworden war.

„Das kann doch nicht wahr sein, das ist doch nicht auszuhalten", schimpfte er.

„Hast du Kerzen im Haus, Taschenlampen, was ist mit Notaggregaten, Akkus", fragte Helga.

„Ich bin nicht gut aufgestellt", murmelte Karl-Gustav, „ich bin ja auch kein Hausmeister oder Elektriker."

Er sank wieder in seinen Stuhl, nahm seine Brille ab und legte sie vor sich auf die Tischplatte. Rieb sich die Augen. Es entstand eine längere Stille, in der nur ihre Atmung und das Knarzen der Stühle zu hören war.

„Wie sollen wir nur so leben, mit diesen ganzen Stromproblemen", sagte Karl-Gustav schließlich in die Schwärze hinein. „Wir sind hochspezialisierte Lebewesen, die keine Ahnung von Hardware haben, wir sind zu hundert Prozent abhängig von den anderen. Unsere Spezies ist dem Untergang geweiht."

„Du gibst ganz schön schnell auf", erwiderte Helga. „*Du* hast über Fragilität geschrieben, über Verzweiflung, Hoffnungslosigkeit und das Sein. Jetzt ist es da, jetzt ist das alles direkt vor dir."

Karl-Gustav lehnte sich zurück, verschränkte die Arme und ließ ihre Worte auf sich wirken. Natürlich, die Welt hatte sich vor ihm geöffnet und ihr wahres Gesicht offenbart. Es bestand aus einer Million Facetten, die jeden Moment ihr Erscheinungsbild ändern konnten und vollkommen unterschiedliche Botschaften aussandten. Das machte Menschen Angst, das trieb sie in den Wahnsinn. Die Kontingenz des Lebens zu spüren war zutiefst grausam. Dass alles mit einem Klick, mit einem beliebigen An- und Ausschalten in tiefste Dunkelheit oder in wärmendes, vertrautes Licht getaucht sein könnte. Ja, er hatte das alles beschrieben. Aber er hatte einen Aspekt vergessen, etwas fehlte, er wusste nur noch nicht, was.

Karl-Gustav schreckte hoch, als er die Stimme von Svetlana hörte. Er musste eingenickt sein. Draußen war es wieder hell.

„… wir sind eine Gruppe junger Leute mit vielen neuen Ideen", erzählte Helga gerade.

„Das ist wirklich gut, diese Zugehörigkeit hatten wir früher auch", erklärte Svetlana. „Ach, da bist du ja wieder. Also, können wir fortfahren?"

„Ja, natürlich", räusperte sich Karl-Gustav und streckte sich kurz. Setzte die Brille wieder auf.

„Also prima, Wilhelm ist auch da, dann kann es ja losgehen. Ich lese vor:

Sehr geehrte Frau Rot, wir bedauern Ihnen mitteilen zu müssen, dass es auf unabsehbare Zeit zu Energielieferungsengpässen kommen wird, die aufgrund von einer Neuausrichtung unseres Kontinents entstanden sind. Da die Vogelmenschen umgesiedelt wurden ist die Stromproduktion durch ihre Solaranlagen massiv ins Stocken geraten. Andererseits drohte dem Kontinent ein ökologischer Kollaps, der um jeden Preis zu verhindern war. Die Verantwortlichen arbeiten fieberhaft daran, die Kapazitäten der Energiegewinnung wieder hochzufahren und den Schreibern höhere Stromkontingente zur Verfügung zu stellen. Solange wird es vermehrt zu Stromausfällen kommen, die sicher belastend für alle sind. Wir können Ihnen allerdings versichern, dass wir auf Ihre Texte und Software angewiesen sind und unseren Wirtschaftskreislauf so schnell wie möglich wieder herstellen müssen.

Das war's. Was denkt ihr?"

„Das können die doch nicht mit uns machen", quetschte Wilhelm zwischen den Zähnen hervor. „Das ist doch das Letzte."

„Wir leben auf einer Insel, von der Außenwelt abgeschnitten", fügte Karl-Gustav hinzu, „wie sollen wir uns da selbst versorgen."

„Es wird sich einiges ändern", sinnierte Svetlana, „und der Prozess wird einige Menschenleben kosten."

Karl-Gustav konnte kein Wort mehr schreiben, keinen Buchstaben, kein Satzzeichen. Es war so sinnlos geworden. Wozu noch schreiben? Die Welt stand irgendwie still. Er merkte, wie seine innere Stimme, sein Gedankenfluss, sich immer mehr von ihm entfernte, irgendwo hinter einer dicken Glasscheibe verschwand.

Diese bisher unerschöpfliche Quelle für seine Bücher, Texte, Geschichten und Interpretationen der Welt, die seine Lebensform, sein Dasein speiste, ihn voll und ganz ausmachte, diese Stimme wurde leiser und verstummte schließlich völlig.

Die Bleistifte, die Feder, das Papier, ja sogar die Druckerpresse, diese ganzen Gegenstände erschienen ihm wie beliebige Produkte, am ehesten noch übertreuert und emotional überladen, aber sicher nicht als wichtige Werkzeuge, die ihm irgendwie nutzten.

Stundenlang schlich er durch sein kleines Haus, von Zimmer zu Zimmer, räumte etwas zusammen, packte es weg, entsorgte anderes, murmelte Gedankenfetzen vor sich hin, registrierte vage die wechselnden Tageszeiten, die abnehmende Stromversorgung, ließ die Anrufe klingeln und wusste einfach nicht wohin mit sich in diesem Zustand.

Wenn er nicht einmal mehr verbalisieren konnte, was los war, dann war es schlimm um ihn bestellt. Sehr selten war dieser Zustand bisher eingetreten, jedenfalls glaubte er das. Als er seine Herkunftsfamilie für immer hinter sich gelassen hatte. Der Abschluss seiner Ausbildung. Die Suche nach einem neuen Zuhause. Nach seiner ersten Trennung. Alles Ereignisse, bei denen die Welt aufhörte ein Resonanzraum zu sein, ein lebendiges Gebilde, das auf ihn und seine Stimme reagierte, Antworten und Impulse lieferte.

„Karl-Gustav", hörte er eine Stimme neben sich, beschloss aber, nicht darauf zu reagieren, sondern weiter seinen Gedanken nachzuhängen.

Wie war das mit diesen Brüchen gewesen, wenn alles seinen Reiz und seinen Sinn verlor. Nicht mehr wortreich federleicht war, sondern wortlos und betonschwer. Wenn die Last so schwer wurde, dass seine Seele unter dem großen Druck zermalmt zu werden drohte.

„Karl-Gustav", hörte er schon wieder.

„Was", erwiderte er kühl und verließ seine Innenperspektive.

„Ich wollte nur schauen, ob du noch lebst", Helga stand mit besorgtem Blick ihm direkt gegenüber, den Kopf schief gelegt, die Hände in die Hüften gestemmt. „Du hast dich seit gestern nicht mehr bewegt."

„Ich denke nach", konstatierte er mit reglosem Gesichtsausdruck, „dabei muss ich mich nicht bewegen."

Helga legte den Kopf wieder gerade und verzog die Mundwinkel.

„Okay, das mag schon sein, aber wo ist da die Grenze zur Katatonie. Wie auch immer, du kannst hier nicht einfach abtauchen. Willst du einen schleichenden Suizid durch Dehydration begehen? Hier, trink ein Glas Milch", sie hielt ihm das Gefäß viel zu nahm vor das Gesicht.

Er grummelte und schaffte sich das Glas aus dem Gesicht. Wusste nicht, was er damit machen sollte und trank ein paar Schlucke.

„Meine Güte, ich bin deprimiert, ich brauche niemanden, der mir Vorträge hält, ich ziehe es vor, mich in meiner eigenen Gedankenwelt zu verschanzen", fand er seine Sprache wieder.

„Es gibt aber neue Informationen", ließ Helga wie beiläufig fallen, während sie einen Bleistift von seinem Schreibtisch aufnahm und an dessen Ende nagte.

„Um Himmels Willen, Kind, lass das", er nahm ihn ihr sofort ab, „wenn ich das noch einmal sehe, bist du raus. Schau mal in deinen Vertrag, wegen sowas gibt es eine fristlose Kündigung."

„Aber erst nach zwei Verwarnungen", erwiderte Helga keck.

Im nächsten Moment stand sie auf und räumte eine der Kisten, die er vor Kurzem noch gepackt hatte, wieder aus. Entwürfe, Papiere, Stifte kamen wieder hervor. Karl-Gustav seufzte.

„Was für neue Informationen?", fragte er.

„Ruf Georg an", rief Helga über die Schulter und verschwand in der Küche.

„Wieso", Karl-Gustav schnaubte, „wir haben seit Monaten keinen Kontakt mehr. Wusstest du, dass er auf der Suche nach einer Weltformel ist und glaubt, dass solange er diese nicht findet, es die Welt nicht geben könnte, denn dann gäbe es nichts, was die Welt komplett beschreiben könnte? Kompliziertes Thema. Ich krieg die Krise, wenn ich nur daran denke, darüber komme ich nicht hinweg."

„Das ist nicht ernsthaft der Grund, warum du nicht mit ihm sprechen willst?"

Karl-Gustav verdrehte die Augen. „Sag du es mir doch einfach."

„Ich habe es von seiner Auszubildenden erfahren. Aber sie durfte es mir eigentlich nicht sagen", erklärte Helga, als sie wiederkam, „Datenschutz, verstehst du. Er weiß es, ruf ihn an."

Karl-Gustav nahm noch ein paar Schlucke von der Milch, trug das Glas in die Küche und begann das schmutzige Geschirr zu spülen. Er hatte keine Lust mit irgendjemandem zu sprechen, schon gar nicht mit Georg, diesem eingebildeten und verdrehten Kauz, der dachte, er wäre der klügste Mensch auf dem Planeten. Und ausgerechnet den sollte er jetzt um Informationen anbetteln. Woher hatten eigentlich alle diese ganzen Nachrichten aus der anderen Welt? Konnte ihm nicht jemand ebenfalls etwas aus erster Hand zuspielen?

Als er mit dem Abspülen fertig war, sah er, dass die Terassentür offenstand. Wusste Helga denn nicht, dass so die ganzen Fliegen und anderes lästiges Zeug hereinkam? Er trat an die Schwelle, um die Tür zu schließen. Dann sah er ihre Gestalt zwischen den Obstbäumen herumwuseln, schemenhaft in der flirrenden Sonne, dazwischen die wogenden Gräser und Wildblumen, die verschlungenen Ranken und Kletterpflanzen, die filigranen Weiden und jungen Bäume.

Karl-Gustav schloss die Tür und nahm den Bleistift vom Tisch, den Helga vorhin noch angekaut hatte. Drehte ihn zwischen Zeigefinger und Daumen herum, kratzte sich damit am Nacken, drückte mit dem Daumennagel kleine Kerben in das doch sehr feste Birkenholz.

Schob die mittlere Schublade seines Schreibtischs auf und holte ein kleines Schnitzmesser heraus. Klappte es auf und begann den Stift anzuspitzen. Winzige Holzspäne rieselten auf den Boden.

Als er drei Jahre alt war hatte er gelernt Bleistifte anzuspitzen. Die unterschiedlichen Holzarten erforderten ein jeweils besonderes Vorgehen. Viele Leute benutzten damals Zedernholz, andere bevorzugten

Linde, Buche oder Ahorn. Der Phantasie waren keine Grenzen gesetzt. Seine Eltern hatten Stifte aus Eiche, er mochte die Oberfläche, die Struktur des Holzes nicht. Die Eiche war ein schwerer, bedeutungsüberladener Baum mit einer verstaubten Aura. Mit diesen Bleistiften konnte man nicht gut schreiben, kein Wunder dass seine Eltern vor allem auf die Programmierung von Produktions-Maschinen spezialisiert waren. Natürlich konnte man damit gut Geld verdienen, das war mit seinem Philosophie-Geschwafel nicht zu vergleichen. Aber wieso seine Lebenszeit auf die Herstellung von Marmeladengläsern, Zahnbürsten und Androiden-Ersatzteilen verschwenden? Dann doch lieber arm sterben.

Jetzt war der Stift perfekt angespitzt. Er könnte ihn benutzen, um sich an die zahlreichen Textentwürfe zu machen. Ein bisschen juckte es ihn in den Fingern, dies zu tun, aber eine viel größere und einflussreichere Kraft hielt ihn doch davon ab.

„Hast du schon mit Georg gesprochen?", fragte Helga, als sie wieder reinkam, in der Hand einen großen Flechtkorb mit Pflaumen.

„Ich denke nicht daran", erwiderte Karl-Gustav und legte den Stift mit Bedacht auf den Schreibtisch.

„Okay, dann setz dich wenigstens mit Svetlana in Verbindung", Helga trug den Korb in die Küche und kam wieder zurück. „Ich meine es wirklich ernst, es geht um alles, du wirst jetzt gebraucht. Verstehst du das nicht?"

„Meine Güte, okay, wenn du mir versprichst, dass du mich danach mit diesem Thema nicht mehr behelligst?"

„Großes Ehrenwort, ein Gespräch mit einem von deinen Leuten und das Thema ist gegessen."

Karl-Gustav drückte widerwillig auf den Anschalter seines Computers, doch es tat sich nichts.

„Kein Strom, so ein Pech aber auch", murmelte er.

Helga schaute zerknirscht und kaute auf ihrer Unterlippe.

„Was nun?", fragte Karl-Gustav.

Helga drehte sich um und lief in die Bibliothek.

„Hast du", rief er ihr nach, „ich meine, um die Zeit zu überbrücken, hast du Textentwürfe, die ich mir mal anschauen könnte?"

Er nahm den angespitzten Bleistift wieder in die Hand. Helga drehte sich um, mit einem breiten Lächeln auf dem Gesicht.

„Ich habe dir doch schon vor Tagen etwas in deinen Posteingang gelegt", sagte sie.

„Nein, ich meine deine eigenen Sachen, dein Manuskript oder sowas", erklärte er.

Helgas Mund öffnete sich, aber sie sagte nichts. Stattdessen lief sie in die Bibliothek und holte einen Stapel Blätter.

Karl-Gustav vertiefte sich gleich in die neue Lektüre. Er nahm sich zu Beginn vor, nicht zu kritisch zu sein, Helga zuzugestehen, dass sie noch am Lernen war und auch Ideen, die nicht mit seinen übereinstimmten, eine Chance zu geben. Gleichzeitig wollte er ihr natürlich nicht alles durchgehen lassen. Konstruktive Kritik war nicht einfach.

Er hatte ja schon ihr Manuskript überflogen und die guten Ansätze, die sich dort gefunden hatten, setzten sich hier fort. Ihr Schreibstil war flüssig, mit einer klaren Linie, schnörkellos und prägnant. Dabei aber nicht trocken und abgeklärt, sondern mit genau der richtigen Portion Begeisterung für das Thema und ungewöhnlichen Wendungen, die den Leser die Seiten nicht aus den Händen legen ließen.

Kaum dass er sich versah, versank er in der Logik des Textes, tauchte ein in Helgas Welt, die er bisher so nicht kannte und spürte mit jedem Satz, wie seine Lust auf Worte wieder geweckt wurde. Da war etwas Unerwartetes zwischen den Seiten, etwas bisher nicht Erschlossenes, etwas Seltenes und Abenteuerliches. Und mit einem Mal wusste er wieder, dass Schreiben und Lesen das Schönste war, was er in seinem Leben machen konnte.

„Du schreibst unter anderem über Verbindung und Öffnung", sagte Karl-Gustav mehr vor sich hin, aber Helga hörte ihn wohl und kam zu seinem Schreibtisch, „natürlich ist es ein spannendes

Thema… aber es steht auch unserem Gesellschaftsmodell diametral entgegen."

„Ja, natürlich, deswegen habe ich es ja aufgegriffen. Es muss dringend einen Paradigmenwechsel in dieser Hinsicht geben."

Karl-Gustav musste schmunzeln. „Ja die Jugend, es muss alles ganz schnell neu gemacht werden, verstehe." Er blätterte ein paar Seiten zurück. „Du beziehst dich zwar auf den Diskurs der Abkapselung, handelst diesen aber meiner Meinung nach viel zu oberflächlich ab."

„Ich hatte keine Lust mich stundenlang mit diesem verstaubten Denken auseinanderzusetzen, diese alten Texte haben doch wenig mit der momentanen globalpolitischen Situation zu tun", Helga setzte sich auf Karl-Gustavs Schreibtisch und verschränkte die Beine.

„Du musst immer zuerst verstehen. Und zwar fundamental und ganzheitlich verstehen. In diesem Fall, warum wir als Gesellschaft so leben wie wir leben, warum unsere Beziehungs- und Familienmodelle nur von kurzer Dauer sind, warum wir alle Einzelgänger sind und wie das alles mit unserer einzigartigen Gabe, die Welt schriftlich so zu begreifen, wie es auf unserem Planeten sonst niemand schafft, zusammenhängt", Karl-Gustav legte die Blätter vor sich ab und gestikulierte vor Helgas Nase. „Du musst vollkommen in diese Materie eintauchen und sie von allen Seiten erfühlen und erschmecken, dann kannst du einen Gegenentwurf wagen."

Sie schauten sich einen Moment wortlos an. Karl-Gustav hoffte, dass der Funke irgendwie übersprang, dass sie ihn nicht für einen alten Schwätzer hielt, der sich an den Status Quo klammerte und jede Innovation im Keim erstickte. Ihre Augen waren noch so ungetrübt, so wachsam und flink.

„Du hast schon recht", sagte sie schließlich, „ich habe das Thema zu schnell abgehandelt, bin drübergefegt, weil ich rasch zum nächsten kommen wollte, zu meinem eigentlichen Anliegen. Ich werde nacharbeiten."

„Selbstdisziplin, das ist die schwerste Arbeit, die du an dir selbst verrichten musst, das kann dir auch keiner abnehmen. Es hat leider etwas damit zu tun, dass man sich selbst immer wieder brechen muss, eine gewalttätige Arbeit, die aber nötig für das Erwachsenwerden ist."

Helga schwieg beklommen.

„Und noch etwas anderes. Früher wollte ich auch…", er lehnte sich zurück und verschränkte die Arme hinter dem Kopf, „… natürlich, ich war in deinem Alter und auch viele Jahre später glühender Anhänger davon die Gräben zwischen den Individuen zu schließen, Verbindungen aufzubauen… Ich weiß, dass du deinen Weg so oder so gehen wirst, ich habe nur die Erfahrung gemacht, dass uns Menschen mehr trennt als vereint, dass wir nicht zusammengehören, dass unser Verbundensein so extrem von Konflikten, Enttäuschungen, Wut und Leid geprägt ist… Es ist tragisch, aber jede Beziehung, die wir eingehen kostet uns mehr, als dass sie uns etwas bringt."

„Das ist eine sehr selektive Wahrnehmung", setzte Helga an, aber in diesem Moment begann der Kühlschrank in der Küche wieder an zu summen und Helga sprang auf. „Los, schalte den Computer an."

Es dauerte eine Weile, dann baute sich die Verbindung auf.

„Ich hasse dich, weißt du das", war kurz darauf Svetlanas Stimme zu hören.

„Siehst du, das meine ich", flüsterte Karl-Gustav Helga zu.

„Seit Tagen versuchen wir dich zu erreichen, du Idiot", fuhr Svetlana fort.

„Deine Unzuverlässigkeit ist für uns alle eine Belastung", schaltete Elizabeth sich ein.

„Ihr habt es gehört, Leute", funkte Wilhelm dazwischen, „die Anweisungen sind eindeutig, er muss dabei sein…"

„Du irrst dich mein lieber Wilhelm, er kann und er wird nicht dabei sein", die kühle Stimme von Georg durchschnitt die Videokonferenz. Er drehte den Kopf und schaute Karl-Gustav direkt an. „Du bist nicht über Nacht wichtig geworden, wie du es dir seit jeher wünschst. Wir sind einfach nur noch mehr genervt von dir als vorher. Du kannst also wieder schlafen gehen."

Karl-Gustav warf Helga einen schnellen Blick zu. Georgs Worte trafen ihn, natürlich. Georg kannte seine Schwachstellen, seine wunden Punkte nur zu gut und ließ keine Gelegenheit aus, ihn zu attackieren.

„Es heißt die fünf klügsten Köpfe müssen sich versammeln, um einen gemeinsamen Text zu verfassen, nicht drei oder sieben. Wir sind die fünf...", setzte Svetlana an.

„Das sind Empfehlungen und dieses ‚fünf' ist eine symbolische Zahl", unterbrach Georg sie. „Das ist so wie ‚in sieben Tagen wurde die Welt erschaffen', versteht ihr?"

„Moment mal", sagte Karl-Gustav und schob seine Brille zurecht, „warum ist es notwendig, dass wir zusammenkommen?"

„Oh Mann, das kann echt nicht wahr sein", Georg schüttelte den Kopf, „merkst du eigentlich noch, dass du den Anschluss an die Welt vollkommen verloren hast? Dass du dich komplett in deiner Theorie-Welt verschanzt? Du bist in deiner gesamten Existenz eine Belastung für uns, melde dich bitte ab, damit wir ohne dich konstruktiv weiterarbeiten können."

„Langsam, Georg", kam Wilhelm dazwischen, „du reagierst über. Karl-Gustav, die Software, die wir benutzen, um unsere Texte an den Rest der Welt zu übermitteln, ist durch die Stromausfälle geschreddert worden."

„Günther Freiberg kann eine neue schreiben", bemerkte Karl-Gustav.

„Er ist schon dabei", erklärte Elizabeth und nahm einen Schluck aus ihrer Teetasse. „Es geht um den Aktivierungscode. Den können wir nur erstellen, wenn…"

„… die fünf klügsten Köpfe sich in Sema zusammenfinden und mit einer fünffarbigen Feder einen Gründertext verfassen", murmelte Karl-Gustav und nahm seine Brille ab.

Allein von diesem Gedanken bekam er Kopfschmerzen.

„Es muss so schnell wie möglich passieren, damit der Warenaustausch, die Versorgung…", warf Elizabeth ein.

„Diese ganze Idee ist eine Legende, ein Märchen für Schreiber", seufzte Karl-Gustav.

„Ich würde es nicht so bezeichnen", warf Wilhelm ein, „wie du weißt wird unsere Gesellschaft durch Narration zusammengehalten, ohne die große Erzählung können wir nicht konstituiert werden."

„Natürlich, aber es muss doch auch eine andere, eine technische Lösung geben, eine Software ohne

Zugangscode oder sowas", Karl-Gustav gestikulierte herum.

„Wir haben das alles schon durchdacht", erklärte Svetlana und fuhr sich durch die Haare, „für eine neue Art von Software brauchen wir allerdings auch neue Hardware. Die allerdings kann nur hergestellt werden, wenn wir die Produktionsstätten beauftragen, du siehst, wir drehen uns im Kreis."

„Dann fahren wir dorthin und beauftragen diese", rief Karl-Gustav.

Ein Gelächter brach aus.

„Du vielleicht, der seit Jahren deinen eigenen Garten nicht betreten hast?", rief Svetlana unter Tränen. „Wir sind Denker, wir können nicht reisen."

„Hört mal Leute, bevor die Verbindung wieder zusammenbricht", Elizabeth wurde wieder ernst, „lasst uns vereinbaren in einer Woche in Sema zu sein, seid ihr dabei? Auch du Karl-Gustav musst dir diese Reise wohl antun."

Er nickte geistesabwesend. Alle anderen bejahten, nur Georg drehte ihnen immer noch den Rücken zu, es war schwer zu sagen, ob er mitzog.

„Was ist mit der Feder?", fragte Karl-Gustav.

„Das ist unser Hauptproblem, irgendwelche Ideen?", fragte Wilhelm, aber da war die Verbindung wieder weg und der Bildschirm wurde schwarz.

„Wir haben nicht viel Zeit", rief Karl-Gustav und sprang auf. „Wir müssen das Buch drucken."

„Welches Buch?", Helga runzelte die Stirn.

„Um an die Feder zu kommen, jetzt wo keine anderen Kommunikationskanäle mehr offenstehen, verstehst du?", er holte einen Stapel Papier und begann schon mit den Notizen. „Ich schreibe und du tippst ab... hat dein Laptop Strom?"

„Nur du kannst den Text mit der Feder in die Software eingeben", bemerkte Helga und schaute ihn ratlos an, eine Haarsträhne hatte sich aus ihrer Frisur gelöst und fiel ihr ins Gesicht.

„Quatsch, das brauchen wir nur zur Übermittlung in die anderen Kontinente und das ist ja alles längst gelaufen", Karl-Gustav schaute sie ernst an, „keine Texte in die Außenwelt, keine Bestellungen, keine Lieferungen, nichts mehr davon funktioniert, seit die Software gecrasht ist, klar?"

Helga nickte langsam, es arbeitete wohl in ihrem Kopf.

„Was wir jetzt machen können, wir drucken das Buch mit der Littera, schicken es in die Bücherstadt und dann wird das Buch in alle vier Windrichtungen verteilt."

Helgas Mund öffnete sich und sie starrte ihn an. „Was soll das bringen?", sagte sie schließlich langsam.

„Mensch, ich habe keine Zeit dir das alles zu erklären", rief Karl-Gustav, sprang wieder auf und lief in die Bibliothek. „Kontaktaufnahme der etwas anderen Art", murmelte er und zog ein paar Bücher aus dem Regal heraus.

„Das... das ist der Wahnsinn... es kann Jahre dauern, bis die Infos an der richtigen Stelle ankommen", Helga stand neben ihm und schaute sich die Bücher an, die er herausgezogen hatte.

„Du kapierst nicht, wie die Bücherstadt funktioniert. Ich meine, so ganz weiß das natürlich niemand. Sie ist enigmatisch, vielleicht nicht von dieser Welt, speist sich aus ihrer eigenen – bisher unentdeckten – Kraftquelle. Wir haben nur wenige gesicherte Erkenntnisse von Leuten, die sie untersucht haben. Aber was sich deutlich abzeichnet, ist wohl, dass von dort aus nicht willkürlich Blätter in die Welt verteilt werden, die Winde haben eine Intention, eine Richtung, ein Eigenleben."

„Das kann nicht sein, das stimmt nicht", stammelte Helga.

„Bestimmte Seiten werden zu einem spezifischen Zeitpunkt an einen bestimmten Ort geweht", erklärte Karl-Gustav, als hätte er ihren Einwand nicht gehört. „Schalt deinen Laptop an, es geht los."

Helga trottete wie benommen in die andere Ecke des Raumes und klappte den Bildschirm auf.

„Starte die Software ‚Druckentwurf', hast du die drauf?", fragte er.

Helga blickte konzentriert auf den kleinen Bildschirm und fuhr mit dem Finger über das Touchpad.

„Hier, ist geöffnet."

„Wir fangen an", Karl-Gustav wühlte in den Unterlagen und Büchern, die er aus dem Regal herausgeholt und auf dem kleinen Tischchen vor sich ausgebreitet hatte. „Zuerst kommt das dritte Kapitel. Ich werde dir teilweise diktieren, teilweise musst du meine Entwürfe abtippen. Das dritte Kapitel habe ich in meinem Kopf", er tippte sich auf die Schläfe.

„Wann ist es da entstanden?", wunderte sich Helga.

„In den sieben Minuten der Videokonferenz ab dem Moment, als jemand das Wort ‚Feder' ausgesprochen hatte."

„Klingt logisch", Helga nickte. „Haben wir einen Titel?"

„Nennen wir es ‚federreich', als Adjektiv. Arbeitstitel."

„Komischer Name", bemerkte Helga mehr zu sich selbst.

„In dem dritten Kapitel geht es um die Philosophie, was sonst, sie ist die Grundlage von allem", Karl-Gustav lief im kleinen Raum auf und ab, „sie ist die Essenz, das Leben, alles."

„Weiß ich", sagte Helga, aber Karl-Gustav hörte sie gar nicht.

„Darum ist es die Philosophie der Feder, des Fallens und Fliegens, die wir hier begründen müssen...", es folgte ein längeres Diktieren des Kapitels, Helgas Finger flogen über die Tatstatur.

„Wie du dir denken kannst", fuhr er fort, „brauchen wir den Postnihilismus, wir brauchen die neodadaistische Wirklichkeitsauffassung, die experimentelle Subjektforschung und eine Prise der Philosingularität, auch wenn das gewagt ist. Aber sonst können wir die Gesamtheit der Feder nicht begreifen. Wir können sonst dieses Objekt – das auch wiederum kein Objekt ist, sondern sich von vornerein mit unserer Existenz verbindet, sobald wir uns ihm nähern – nicht umkreisen. Es ist unser einziger Weg diese Entität, welche angefüllt ist von Schwermut, Vergänglichkeit, Komplexität und Unnahbarkeit, in einer ganz grundlegenden Art zu sehen, wenn auch nicht zu begreifen. Du weißt, warum."

Helga schaute erschrocken. „Weil wir niemals begreifen können", flüsterte sie.

„Richtig."

Er diktierte weiter, schlug dabei immer wieder in anderen Büchern nach, machte Denkpausen und legte wieder los. Schließlich ging er nochmal in sein Arbeitszimmer, holte einen Stapel weiterer

Unterlagen und blätterte darin herum. Helga nutzte die Gelegenheit Küche und Toilette aufzusuchen.

„Im ersten Kapitel muss es um die Geschichte der Feder gehen, das hast du bestimmt schon durchschaut?", murmelte er vor sich hin, über die Papiere gebeugt.

„Elizabeth Wenke hat etwas dazu geschrieben", bemerkte Helga und nahm einen Schluck von ihrem Tee.

„Natürlich, sie hat sehr detailliert die Entwicklung nachvollzogen, die notwendig war, damit die Feder sich in unserer Gesellschaft etablieren konnte. Ihr Beitrag dazu in einem Sammelband ist nicht so umfangreich, wie ich mir das gewünscht hätte, aber immerhin. Darüber hinaus habe ich noch dieses hier aufgetan", er rückte seine Brille zurecht und schlug ein weiteres Buch auf, „Günther Freiberg hat zwar eine eher technische Perspektive auf das Thema, dennoch findet sich etwas Brauchbares in diesem Buch über die interkontinentale Kommunikation, ihre Ursprünge und die Rolle der Feder darin."

Wieder diktierte er Helga mehrere Seiten, lehnte sich zurück und schloss die Augen. „Du darfst allerdings nicht vergessen", er hob die Hände und gestikulierte, „dass die Feder morphologisch betrachtet zwar in sich geschlossen und richtungsweisend wirkt, ja sogar ein Werkzeug für uns ist. Aber ist sie nicht auch ein Prototyp für Filigranität, Durchlässigkeit, Wandelbarkeit? Hier brauchen wir die neuere Theorie der Farben und der Wahrnehmung – tipp das bitte ab", er reichte ihr ein paar Blätter mit Notizen. „Das ist das fünfte Kapitel."

„Georg Nort", sagte Helga, während sie sich Karl-Gustavs Notizen vor die Nase hielt und die Augen zukniff, um das Geschreibsel zu entziffern.

„Er ist leider einer der wenigen, die tatsächlich Brauchbares auf diesem Gebiet produziert haben, deswegen kommen wir nicht um ihn herum. Er führt uns an wichtige Aspekte der Rezeption durch Sinnesempfindungen, an dem Thema hängt auch die Wahrnehmung der Welt als Ganzes und unsere Beziehungen dazu. Das führt uns allerdings zu weit weg, stattdessen...", Karl-Gustav fing wieder an zu diktieren.

„Wie soll ich gleichzeitig abtippen und mitschreiben?", entrüstete sich Helga und schaute ihn finster an.

„Du musst dich eben organisieren, du wirst zurecht kommen", erwiderte Karl-Gustav und fuhr mit dem fünften Kapitel fort.

In einem wahnsinnigen Tempo ratterte er die Farbtheorie von Georg runter und ergänzte sie mit eigenen Überlegungen. Helga bekam schon einen roten Kopf und schnappte nach Luft, so schnell musste sie tippen. Mehrere Haarsträhnen hatten sich jetzt aus ihrer Flechtfrisur gelöst und hingen ihr ins

Gesicht. Immer wieder pustete sie ein paar von ihnen weg.

„Die fünf Farben der Vogelmenschen", sagte Karl-Gustav schließlich und deutete ihr an, nicht mit zu tippen. „Weißt du, welche das sind?"

Helga schüttelte ihre Hände aus und schaute ratlos. Sie brauchte wohl dringend eine Pause, aber es war keine Zeit dafür, das Buch war noch nicht fertig. Wenn Helga zu den größten Schreibern des Kontinents gehören wollte, musste sie solche Belastungsproben aushalten.

„Ein dunkles Grau, silbrig schimmernd, fast anthrazit. Ein leuchtendes Blau, wie der Himmel an einem Sommertag, wolkenlos und hypnotisierend, gleichzeitig so tief und unergründlich wie ein Bergsee. Ein sattes Rot, voll und dickflüssig wie Blut. Ein fröhliches Grün, lebendig und leicht. Ein mattes Weiß, ursprünglich wie Eierschalen und Elfenbein", er ging jetzt zu ihr rüber und kniete sich vor sie, sah ihr direkt in die Augen. „Das müssen die Farben der Feder sein, die wir für unsere Mission brauchen."

„Okay", flüsterte Helga, „aber wo soll diese Feder herkommen, wer soll so eine Feder haben, sowas existiert nicht, alle Federn, die ich gesehen habe, waren einfarbig."

„Ich weiß es auch nicht", seufzte Karl-Gustav und sank etwas in sich zusammen. „Selbst wenn sich zwei unterschiedlich farbige Vogelmenschen zusammentun, ihre Nachkommen haben nur eine Farbe, eine Mischfarbe. Weißt du, ich habe Vogelmenschen intensiv studiert..."

„Wär ich nie drauf gekommen."

„... sie lieben ihre Farben", fuhr er unbeirrt fort, „diese dienen ihnen als absolutes Identifikationsmerkmal, eine ganze Gesellschaftsstruktur baut darauf auf. Und sie hassen Mischfarben und alles was damit zusammenhängt. Eine solche Person, wenn es sie überhaupt gäbe, würde höchstwahrscheinlich niemals überleben... Wie auch immer", Karl-Gustav sprang wieder auf und hastete durch die Bibliothek.

„Kapitel zwei!", rief er plötzlich aus, als hätte er es gerade in einer Ecke des Raumes gefunden. „Der Kern unseres Buches. Jetzt kommt endlich die Fragilität ins Spiel, mein Thema", er rieb sich die Hände. „Wir müssen die Bedeutung der Feder für uns, unser Leben, die Welt, das Universum, herausarbeiten. Warum hängt alles an dieser Feder?", er drehte sich blitzartig um und starrte Helga an.

Sie biss sich auf die Lippe und schaute umher. „Weil...", setzte sie an.

„Natürlich, weil alles in einem permanenten Zerfall begriffen ist, in einem Auflösen, Zerbrechen, Defragmentieren. Es wird für uns unverfügbar, kaum dass wir es gerade begriffen haben, kaum dass wir verstanden haben, entfernt sich alles, fliegt mit einem unabsichtlichen Lufthauch davon, denn sonst wäre es nicht das Leben, oder?", er ging wieder auf sie zu und schaute ihr aus nächster Nähe in die Augen. „Ist das nicht herrlich?", wisperte er und entfernte sich wieder, „mitschreiben…", diktierte ihr einen widerspenstigen, verknoteten und kryptischen Text und konnte Helga ansehen, wie sie sichtlich Mühe hatte, diesen in das Laptop zu pressen.

Danach fiel er erschöpft auf den Boden, kritzelte noch etwas auf ein paar Blätter, quetschte ein, „das ist das Vierte", heraus und verschwand in einem paralysierten Zustand.

Das Sirren der Littera X3 war eins der schönsten Geräusche, die er kannte. Es war ein voller, zufriedener, arbeitsamer Klang. Sie fuhr sich langsam warm und führte letzte Konfigurationen durch.

„Helga, kommst du jetzt endlich", rief er erneut und hörte sie schließlich oben herumstolpern. „Wer weiß wie lange wir noch Strom haben."

Leider konnte er diesmal das Manuskript nicht wochen- oder sogar monatelang liegen lassen, damit es langsam reifte und immer wieder Veränderungen und Verbesserungen eingefügt werden konnten. Diesmal musste alles schneller gehen.

Er legte noch Papierbögen in das Schubfach nach, kontrollierte den Stand der Druckertinte und bewegte die Walze vorsichtig hin und her, um ihre Funktionsfähigkeit zu testen.

„Geht es gleich los?", fragte Helga und versuchte ein Gähnen zu unterdrücken.

„Ich dachte so an die zehn Exemplare", erklärte Karl-Gustav und lief zu den Bedienungsfeldern.

„Es ist mitten in der Nacht", bemerkte Helga mit hoffnungsloser Stimme.

„Wirklich? Umso besser, ein ehrwürdiger Moment für das Buch. Schau mal, hier."

Helga kam herübergetrottet und zusammen betrachteten sie den kleinen Bildschirm, auf dem irgendwelche Zahlen aufleuchteten.

„Wir haben ja schon mit der Software das Format eingegeben und die Druckvorlage transferiert", erklärte Karl-Gustav und drückte auf ein paar Knöpfe, „jetzt kontrollieren wir nochmal kurz die Einstellungen und die Papierzufuhr, alles in Ordnung. Mit dem Buchdeckel gibt es öfter Probleme, hier gehe ich schnell die Eigenschaften durch, ob alles seine Richtigkeit hat. Und jetzt kann es losgehen", er tippte nochmal auf ein paar Knöpfen und trat dann zurück.

Karl-Gustav hielt die Luft an. Hoffentlich kam keine Fehlermeldung. Auch Helga riss erwartungsvoll die Augen auf, ihre Blicke begegneten sich in einem Moment für die Ewigkeit.

Zuerst ein kurzer Piepton, dann ein Ruckeln und Surren, das abrupt anhielt. Es war wie eine Melodie, die er nur zu gut kannte. Geräusche, mit denen er ausschließlich positive Erinnerungen verband. Der krönende Abschluss eines oftmals langwierigen Buchprojektes, welches auf dem Weg viele Sorgen und Unsicherheiten auszuhalten hatte. Aber auch die Angst, ob nicht doch irgendwo ein Fehler steckte, den er jetzt nicht mehr korrigieren konnte.

Die Maschine legte wieder los. Hebel wurden gesenkt, Walzen gedreht, Kästen vor- und zurück geschoben. Karl-Gustav war wie immer aufs Neue absolut verblüfft, welches Wunderwerk hier zugange war. Wie in diesem Moment eine neue Welt erschaffen wurde, ein weiteres Universum mit einer eigenen Geschichte, eigenen Regeln und Charakteren.

Es war auch der Zeitpunkt, in dem er das Federbuch loslassen musste. Es gehörte ihm nicht mehr, es hatte seinen Kopf verlassen und war eigenständig geworden. Er konnte nur hoffen, dass es bald zu ihm zurückkam, aber als reifes, gelesenes Buch, das die Welt und ein paar Leser gesehen hatte.

„Ich kann es nicht glauben", entfuhr es Helga und jetzt sah er es auch.

Unten, im Ausgabefach, landete das erste Exemplar von federreich. Die Titelseite leuchtete bunt, darauf prangte sein Name. Behutsam nahm er es in die Hände, es war noch ganz warm. Helga und er beugten sich zusammen über das Artefakt, bestaunten es von allen Seiten, überprüften, ob auch alles dran war.

„Ich hätte nicht gedacht, dass es… dass es so perfekt sein würde", hauchte Helga mit feuchten Augen.

Karl-Gustav konnte nur nicken, er war sprachlos. Die Emotionen überwältigten ihn, Adrenalin raste durch seine Adern, er hatte das Gefühl abzuheben, nicht mehr in seinem Körper verortet zu sein, zu fliegen, sich aufzulösen.

„Wir können… wir dürfen es nicht weggeben", krächzte Helga mit belegter Stimme, „wir sollten es lieber wie ein Heiligtum verehren."

„Ich weiß", wisperte Karl-Gustav und hatte ebenfalls seine Stimme etwas verloren.

Er spürte ebenfalls diesen Schutzreflex, eine Fürsorgepflicht gegenüber dem Buch. Den Wunsch, es in einen Glaskasten zu sperren und seine Perfektion und Unberührtheit zu konservieren. Mal wieder wurde ihm bei diesem Anblick bewusst wie fragil die Welt war, dass das Unzerbrochene nur für einen Bruchteil einer Sekunde existieren konnte und dann von den Kräften des Lebens zermalmt wurde.

Wie in Trance holte er einen Pappkarton und legte das Buch und die anderen Exemplare, bis auf eines, hinein.

„Ich will ja auch nicht", er wischte sich über die Augen. „Aber wir haben keine andere Wahl, das geschriebene Wort verlangt danach in die Welt zu gehen."

„Diese Babys ganz allein wegschicken?", rief Helga schrill und stürzte sich auf ihn, Tränen liefen über ihr Gesicht.

„Ich weiß", er schob den Deckel über die Kiste und verschloss sie mit einer Kordel, „ich weiß, wie du dich fühlst. Es ist nicht einfach, erwachsen zu werden", er hielt sie fest und strich ihr über den Kopf.

Er wollte es jetzt schnell hinter sich bringen, auch um Helga nicht unnötig zu quälen. Sie nahm die Kiste und er die Drohne, die er noch hatte und sie gingen nach oben. Er befestigte die Sendung so gut er konnte an dem Fluggerät und schaltete es ein. Schweigend ging es weiter in den Garten. Die Morgendämmerung brach an.

„Du musst es so sehen", sagte Karl-Gustav und schaute hoch in den weiten rosa-blauen Himmel, „ein Teil von uns ist jetzt da draußen in der Welt."

Er gab die Koordinaten der Bücherstadt ein, drückte auf Start. Die Rotorblätter begannen, sich zu drehen und zogen nach oben. Mit einem Schwung schob er die Drohne nach oben, sie hob mit einem fast lautlosen Surren ab.

„Wir sind jetzt mehrere Teile und sind über unser Bewusstsein hinaus in Welten unterwegs, die unglaublich sind."

Das Päckchen verwandelte sich in Windeseile in einen immer kleiner werdenden Punkt und verschwand schließlich völlig. Wie schnell alles vergeht, dachte Karl-Gustav schwermütig.

Helga schniefte. Keiner sagte mehr etwas. Wie angewurzelt standen sie da. Es wurde kalt und ihre Socken waren vom Tau der Wiese durchnässt.

„Wir sollten jetzt los, nach Sema", sagte Helga und schnäuzte sich. „Ich muss auf andere Gedanken kommen."

„Ich gehe nirgendswo hin, ich bleibe hier", rief Karl-Gustav und lief wieder rein.

Er ging in den Keller, um dort aufzuräumen. Niemand würde ihn dazu bringen, das Haus zu verlassen. Das war nicht sein Ding, das Rausgehen. Draußen war feindlich. Es war nicht seine Welt, er passte da nicht rein. Hier, in seinem Haus, war alles so eingerichtet, wie er es brauchte, das konnte er nicht einfach so aufgeben. Er konnte wahrscheinlich nirgends anders existieren, würde einfach tot umfallen, ersticken, ertrinken, alles auf einmal.

Er schaltete die Littera aus und schloss ein paar Klappen und Fächer. Er hatte es im Gefühl, dass er lange kein Buch mehr damit drucken würde. Dinge würden sich ändern. Er würde keine Aufträge bekommen und nicht mehr genug Ressourcen haben, um dieses Riesending am Laufen zu halten. Er strich über ihre Oberfläche und spürte noch die Wärme vom Drucken. Da war Leben drin, auch wenn es nur eine Maschine war. Er räumte weitere Kisten und Stapel unter den Tisch und das Werkzeug, welches er für die Reparatur der Drohne benötigt hatte, in einen Metallkasten.

Es gab nichts mehr zu tun. Trotzdem atmete er viel zu schnell. Seine Hände zitterten. Er wollte die anderen, niemand anderen, treffen. Helga zählte nicht, sie gehörte mittlerweile zum Inventar, war ihm unterstellt, sie war kein Gegenüber wie Svetlana, Georg, Wilhelm und Elizabeth. Sie und viele andere wollten ihn demütigen, über ihn lachen, ihn leiden sehen. Jeder wusste, wie wehrlos er war, die perfekte Zielscheibe. Ein Einsiedlerkrebs ohne Behausung, den man mit einem Tritt zerquetschen konnte.

Er spürte schon die Blicke auf sich, hörte das Gelächter, sah wie man sich im besten Fall von ihm abwandte. Schlimmes konnte daraus entstehen, Schlimmes würde passieren, das konnte er riechen.

„Karl-Gustav, was machst du hier", rief Helga und kam langsam die Treppe runter.

Er sah, dass sie schwarze Stiefel, ihren dunkelblauen Blazer und den Hut trug. Schnell versuchte er seine zitternden Hände hinter dem Rücken zu verbergen. Sie ging um die Maschine herum und stand jetzt neben ihm.

„Wir gehen jetzt zusammen hoch", sie tippte ihm auf den Oberarm und zeigte auf die Treppe. „Ich habe deine Stiefel herausgesucht. Sie waren etwas verstaubt sind aber wohl noch zu gebrauchen."

Gemeinsam stiegen sie die Treppenstufen wieder hoch.

„Hier ist dein Jackett", sie hielt ihm das rostfarbene Kleidungsstück so hin, dass er reinschlüpfen konnte. Es fühlte sich ungewohnt an.

Seine Füße zwängte er zuerst in ein neues Paar Socken und dann in seine schwarzen Stiefel und schnürte diese. Bis auf ein paar weniger Kratzer waren sie noch in einem sehr gepflegten Zustand. Bestimmt hatte er sie das letzte Mal angehabt, als er hierher, in sein Haus gezogen war. Schließlich reichte Helga ihm seinen dunkelbraunen Hut, den er sich auf den Kopf setzte.

„Deine Aktentasche musst du selbst tragen", sie drückte ihm seine erste und einzige mobile Aufbewahrung für Papiere in die Hand, die aus hellbraunem Rindsleder bestand.

Dann öffnete sie die Haustür. Gemeinsam traten sie in das erste Morgenlicht, die Tür fiel hinter ihnen ins Schloss.

Die Luft roch frisch wie ein neuer Stapel Papier, der gerade erst geöffnet wurde und das erste Mal die Welt erblickte. Sie liefen den Schotterweg, der sich zwischen den Häusern wandte und leicht anstieg, entlang. Er konnte sich noch gut an diese Strecke erinnern. Es war schon ein paar Jahre her, dass er hier unterwegs war. Das Haus in dem abgelegenen Ort war frei geworden und er konnte von der Warteliste nachrücken. Er war den Weg hierher mit Vorfreude, aber auch mit Schwermut gegangen, denn es hieß auch Abschied nehmen von seiner vorherigen Wohngemeinschaft.

Doch er hatte das Dorf schon beim ersten Betreten der einzigen Hauptstraße ins Herz geschlossen, hatte sich gleich wohl gefühlt. So weit weg von allem anderen zu sein, von seinen Eltern, seinen früheren Vorgesetzten, seinen Beziehungen. Nur er und sein Haus, sein eigener Herr zu sein, unabhängig von anderen Menschen. Er hatte hier ein neues Leben angefangen. Wollte er das jetzt wirklich verlassen. Der Weg an den leicht verfallenen und hölzernen Hausfassaden fühlte sich jetzt schon wie eine Reise in die Vergangenheit an, in die düstere Zeit, in der er nirgends reingepasst hatte und zwischenmenschliche und schreiberische Enttäuschungen erlitt. Nur in seinem Haus konnte er in seinem Naturzustand existieren und die Texte produzieren, die voll und ganz seiner Vorstellungskraft und seinem Anspruch standhielten. Karl-Gustav stockte, blieb stehen. Und welchen Sinn machte das Leben überhaupt, wenn er nicht schrieb. Keinen.

„Nein, wir gehen nicht zurück", sagte Helga und lief an ihm vorbei.

Langsam setzte sich Karl-Gustav wieder in Bewegung. Die Steinchen knirschten unter seinen Schuhen. Das Laufen ins Ungewisse erzeugte ein kränkliches Gefühl in seinen Beinen, seinen Armen, in seinem Bauch. Jeder Schritt war ein unfertiger Abschnitt, ein unvollständiger Satz, ein unpassendes Wort, das nie überarbeitet werden, nie in die perfekte Form eines Buches gegossen werden konnte. Er kam mit diesem Modus des Lebens einfach nicht zurecht.

„Mal sehen, wie lange die noch unterwegs sind", sagte Helga und zeigte nach oben auf eine Drohne, die mit einem Paket beladen über sie flog.

„Es sind sicherlich die letzten Aufträge aus der Produktion, die jetzt noch abgefertigt werden", erwiderte Karl-Gustav und sah dem verrückten Insekt nach.

„Das wird unsere Gesellschaft in eine tiefe Krise stürzen. Die Lieferengpässe sind ein Problem… aber das Tötungsdelikt ist eine ganz andere Liga", murmelte Helga.

„Was?", Karl-Gustav blieb abermals abrupt stehen.

„Hast du nicht davon gehört?"

„Was gehört?"

„Ich... ich weiß nicht wie ich es sagen soll, es ist so furchtbar...", Helga schob mit ihrem Schuh Steinchen hin und her, „Ilse war aus meinem Jahrgang, sie wurde von jemanden getötet."

„Das kann nicht sein", rief Karl-Gustav aus, „es gibt bei uns keine Gewalt, keine physische zumindest, schon gar keine Mordfälle oder dergleichen, dafür sind wir viel zu verkopft."

„Weiß ich, du brauchst mich nicht zu belehren", erwiderte Helga und seufzte. „Komm, lass uns weitergehen."

„Dann war es Suizid", Karl-Gustav folgte tatsächlich ihrer Aufforderung, „das wäre etwas anderes, kommt ja sehr häufig vor, Todesursache Nummer eins bei den Schreibern..."

„Nein, es war kein Suizid", rief Helga etwas zu laut, drehte sich zu ihm um und lief rückwärts weiter, „Ilse wurde mit einem Messer im Rücken erstochen in ihrem Haus gefunden, wie erklärst du dir das? Sie war in meiner Schreibgruppe, wir haben vor ein paar Tagen noch zusammen gelacht, uns ausgetauscht. Sie machte eine Ausbildung bei Bernd Niemayer."

Sie schniefte und sah jetzt sehr blass aus. Karl-Gustav hörte ihre Worte, konnte aber die Handlung, dieses Verbrechen, nicht richtig zuordnen. Er hatte in seinem Kopf keine Schublade, keine Ablage für solches Verhalten, er war davon einfach überfordert. Er riss die Augen auf und hielt die Luft an. Das konnte nicht stimmen.

„Bernd ist schon über 80, kann kaum noch aus dem Bett aufstehen…", setzte er an und fing wieder an zu atmen.

„Das ist klar, er war es nicht", Helga drehte sich wieder nach vorne. „Aber wer dann? Ilse war sehr engagiert in der Verbindungs-Bewegung, war eine der Vordenkerinnen. Sie hatte viele neue Ideen für unseren Kontinent. Wir haben jetzt alle Angst. Wer weiß, vielleicht ist der Mörder hinter dem nächsten von uns her", Helga wischte sich über die Augen.

„Ich hab auch Angst", sagte Karl-Gustav, „du schickst mich hier in die Wildnis und erzählst mir dann, dass ein Mörder frei rum läuft?"

„Er hat es nicht auf dich abgesehen, niemand will dich umbringen."

„Meinst du?"

Helga nickte. „Du bist sicher."

Sie hatten gerade die letzten Häuser hinter sich gelassen. Karl-Gustav drehte sich um und warf noch einen letzten Blick in das Tal mit den ungefähr fünfzig Häusern, die bunt gewürfelt und mit jeweils riesigen Gärten sich in die Landschaft einfügten und so friedlich da lagen, als wäre nichts passiert. Als würde es keine Stromausfälle und Tötungsdelikte geben.

Gerade so konnte er sein Haus mit dem moosbewachsenen Dach in der Mitte der Siedlung ausmachen, rechts und links bewegte sich langsam etwas, die Nachbarn liefen in ihren Gärten herum, Rollläden wurden hochgezogen, Hühner scharrten, Kühe grasten.

Vor Ihnen lag nun die erste Hürde auf dem Weg nach Sema. Der Weg wurde schmaler und die Steine rechts und links größer. Schwarzgrau ragten sie aus dem Boden, manche waren abgetreten oder mit Moos bewachsen, andere steil und scharfkantig. Es hatte ihm bei seinem Einzug gefallen, dass sie wie ein Wall vor dem Dorf lagen, so als ob sie andere hindern wollten, hierher vorzudringen. Vielleicht hatte jemand diese Ortschaft gegründet, weil er mit dem Rest des Kontinents nichts mehr zu tun haben wollte. Jemand, der einfach nur in Ruhe schreiben wollte. Ihm hatten sich mit der Zeit immer mehr Gleichgesinnte angeschlossen und zusammen konnten sie allein sein.

„Warum hast du dir ausgerechnet das entlegenste, das am schwersten zu erreichende, das versteckteste Dorf im ganzen Land ausgesucht?", fragte Helga, als sie versuchte den ersten Felsbrocken zu erklimmen.

Dabei reichte sie ihre Aktentasche von einer Hand zur anderen und nahm den Griff schließlich zwischen die Zähne, um die Hände frei zu haben.

„Oh warte, ich weiß es", rief sie schließlich atemlos, als sie oben angekommen war. „Du wolltest unbedingt hier hin, weil es das entlegenste, das am schwersten zu erreichende, das versteckteste Dorf im ganzen Land ist?"

„Genau", bestätigte Karl-Gustav und zog sich mit einer schwungvollen Bewegung auf ihre Höhe. „Wenn wir hier bleiben würden, würde ein Serienmörder sich bestimmt nicht die Mühe machen, her zu kommen und dich umzubringen."

„Das stimmt allerdings", sagte Helga und kraxelte weiter.

Mittlerweile ragten die Felsformationen hochkant, steil und schräg aus dem Boden hervor. An manchen Stellen konnte er erkennen, wo andere langgegangen waren, diesen Weg wollten sie auch nehmen, in der Hoffnung nicht in einem Abgrund zu landen.

„Gibt es denn keine Menschenseele auf der Welt, kein Lebewesen, keine Existenz, für die du freiwillig deinen Kokon verlassen würdest?", fragte Helga als sie einen weniger sportlichen Teil des Felsenlabyrinths durchschritten und sich bloß eine Armlänge hochziehen und runterlassen mussten.

Vor Karl-Gustavs inneren Auge zogen in Sekundenbruchteilen ein Dutzend von Gesichtern vorbei, die meisten hinterließen ein schmerzliches Gefühl in seinem Kopf, Brustkorb, Bauch und Fingerspitzen.

„Nein", sagte er knapp und kniff die Augen zusammen, um die Erinnerungsfetzen los zu werden. „Svetlana hat vor ein paar Jahren zu diesem Thema einen interessanten Sammelband herausgegeben. Es gibt keine Heilung für das Selbst in der romantischen Beziehung. Das ist natürlich seit Jahrhunderten bekannt."

„Es muss ja nicht gleich die Lösung für alle Probleme sein, das ist ja auch übertrieben", bemerkte Helga und hüpfte von einem länglichen Felsenstück nach unten.

„Natürlich. Ich habe mit meiner Aussage zugespitzt, aber die Erwartungen sind sehr hoch, nicht wahr? Wir wollen uns in dem Blick des anderen finden, uns verstanden und akzeptiert fühlen, vielleicht uns auch verlieren und abtauchen, die Liste ist da sehr lang", er folgte ihr und stieg eine Stufe herab, „und natürlich bin ich auch nicht frei von Sehnsüchten und Wünschen nach Resonanz."

Sie standen vor einem sehr schmalen Durchgang.

„Da passe ich nicht durch", konstatierte Karl-Gustav mit Blick auf eine Felsformation, die sicherlich vier Meter hoch und zwanzig Meter lang war.

In der Mitte gab es einen gefühlt fünf Zentimeter breiten Durchgang. War der schon damals hier gewesen? Er hatte seine Existenz wohl komplett ausgeblendet.

„Natürlich passt das", erwiderte Helga, setzte ihren Hut ab und ging vor. „Es gibt keinen anderen Weg als hier durch."

Tatsächlich ragten rechts und links von ihnen riesige Felsmauern hervor, die noch schwerer oder gar nicht zu erklimmen waren. War dieses Nadelöhr das Portal zu einer anderen Welt, begannen dahinter die Grausamkeiten, die Unberechenbarkeiten, die Ohnmachten, die Verzweiflung? Warum um Himmels Willen sollte er sich das antun. Es gab keine Antwort, er folgte einfach Helga, weil sie es schaffte, dass er sich in ihrer Gegenwart nicht allein fühlte.

Sie war schon in der Mitte angekommen, selbst sie konnte sich nur mit Trippelschritten und seitlichem Gang durchquetschen.

Karl-Gustav machte es ihr nach. Nahm den Hut in die eine Hand und die Aktentasche in die andere. Schon spürte er den massiven, unnachgiebigen Stein immer näher kommen. Er musste selbst seinen Kopf drehen, um durchzupassen. Und das war erst der Anfang, es wurde noch enger. Er hatte das Gefühl, nicht mal mehr genug Platz zum Atmen zu haben, Angst, stecken zu bleiben und nicht vor und zurück zu können. Elendig hier zu ersticken.

So wie damals, als seine Eltern sich über ihn lustig machten, als er anfing über philosophische Themen zu schreiben. Immer wieder schärften sie ihm ein, sich besser dem Programmieren zuzuwenden.

Anfangs wollte er ihren Ansprüchen an ihn gerecht werden, ihre Wünsche erfüllen, sie stolz machen. Er mühte sich ab, lernte verschiedene Programmiersprachen, auch wenn dieses Zeug so schwer in ihn reinging wie ein USB-Stecker in eine Steckdose. Er verbog sein Gehirn, seine Finger, seinen Geist, aber es war nie genug. Nicht richtig. Er war einfach falsch in seiner Existenz, ein Fisch auf dem Trockenen, ein Mensch in einer zu engen Felsspalte, ein unfreiwillig Reisender ohne Ziel, ein bemitleideter, belächelter, in seiner Phantasiewelt gefangener, zu sozialen Beziehungen nicht fähiger Worteproduzent, der nirgends reinpasste oder durchpasste.

Helga rief irgendwas, aber seine Ohren rauschten so stark, seine Atmung ging so schnell, und es wurde immer schlimmer. Wenn ihm jetzt hier schwarz vor Augen wurde, könnte ihn hier keiner rausziehen. Vielleicht wäre der Durchgang zu seinem Wohnort damit auch für immer versperrt, die anderen Leute von der Außenwelt abgeschnitten.

Doch dann ging es doch vorwärts, Stück für Stück, die Lücke wurde etwas breiter, dann wieder enger. Etwas Spitzes, das herausragte, kratzte an seiner Wirbelsäule, der Kopf schabte an den Wänden entlang. Definitiv war ein so enger Raum nicht der Ort, an dem er es aushalten konnte. Sich kaum bewegen zu können und zwischen Jahrtausende alten

Steinen festzustecken brachte alle seine Synapsen zum Überschnappen.

Schließlich war es geschafft, er wusste gar nicht wie. Karl-Gustav schnaufte, konnte Helga gar nicht in die Augen schauen, lief an ihr vorbei irgendwohin weit weg von dieser Foltereinrichtung.

An einer Quelle, die aus der Felsformation sprudelte, machten sie die erste Pause. Die Sonne stand schon sehr mittig und wärmte ihre müden Glieder.

Hier war besonders gut zu sehen, wie viele Pflänzchen, aber auch kleinere Bäume scheinbar an dem nackten Stein wuchsen, ohne dass Erde überhaupt in Sicht war. Es sah aus wie etwas, das eigentlich nicht möglich war. In den verrücktesten Verrenkungen trotzten sie der Schwerkraft und dem Wassermangel und hatten es irgendwie geschafft, zu überleben. Diese Lebewesen ohne zentrales Nervensystem hatten mehr Flexibilität, Durchhaltevermögen und Frustrationstoleranz bewiesen als er jemals in seinem ganzen Leben.

Wilhelm hatte immer ein gutes Händchen gehabt, diese unwahrscheinlichen Obskuritäten des Alltags aufzuspüren. Ihm hätte das gefallen, er war bekannt für seine Beobachtungsgabe und seinen Blick auf Details, die anderen entgingen. Er liebte es, wirre Begebenheiten zu analysieren, in einen größeren Kontext zu setzen und mit unerwarteten Theorien zu kombinieren. Karl-Gustav erinnerte sich da an einen Aufsatz über die Mondphasen in Verbindung mit der Systemtheorie und Science-Fiction-Romanen des 20. Jahrhunderts. Leider verlor er meistens sehr schnell seinen Fokus und fabrizierte eine Art Aneinanderreihung von Assoziationen, denen nicht jeder folgen konnte.

Es hätte ihm auch sicher gefallen, die Füße in diesem eiskalten Wasser zu kühlen, weil es so surreal war. Von Wilhelm hatte er gelernt, sich auf das Unwahrscheinliche einzulassen, nicht immer nur auf die Dinge selbst, sondern auch auf die Lücken zwischen ihnen zu schauen und so viel mehr in den Fokus zu bekommen.

Der Bach sprudelte so unaufhaltsam, dass es fast eine sensorische Überforderung war. Karl-Gustav ließ sich auf das Rauschen ein und wurde unmittelbar weggetragen. Helga schien es ähnlich zu gehen. Sie saßen beide wortlos da und versanken in dem weichen Gluckern, das ihre vom ungewohnten Laufen gebeutelten Füße umschmeichelte.

Das war eigentlich der erste Moment, in dem Karl-Gustav nicht daran dachte, lieber zu Hause zu sein. Es war so friedlich hier oben auf dem höchsten Punkt der Felsenkette. Die Luft, die Sonne und das Wasser verbanden sich zu einer Textur, die eine eigene Art Kokon darstellte. Eine, die er bisher noch nicht kannte.

Der Bach wandte und schlängelte sich nach unten. Sie taten es ihm nach. Der Abstieg war nicht einfach. Steile und rutschige Streckenabschnitte wechselten sich mit Geröllflächen ab. Mal diente eine abgewetzte Wurzel als einziger Halt, an anderer Stelle konnten sie sich auf weiches Moos fallen lassen. Einmal konnte er Helga gerade so auffangen, als sie stolperte und nahm ihr von da an ihre Aktentasche ab. Ein anderes Mal verlor er den Halt und stürzte ab, ein paar Beulen und Kratzer waren die Folge.

Schließlich wurden die Übergänge immer weniger dramatisch und ein begehbarer Weg setzte ein. Es war eine Wohltat nicht mehr klettern zu müssen und bloß über einzelne Steine zu steigen.

„Da unten ist das nächste Dorf", sagte Helga und zeigte ins Tal auf eine Häusersammlung, „wir sollten versuchen, dort unterzukommen, denn bis zum Einbruch der Dunkelheit würden wir es nicht in die nächste Ortschaft schaffen."

„Meinst du, irgendjemand nimmt uns auf?", fragte Karl-Gustav und klopfte sich und Helga Äste und Blätter vom Jackett.

„Lassen wir uns überraschen", erwiderte sie.

Der Weg ins Tal führte durch kleine Wäldchen, Reste von Felsen, summende Lichtungen und Weideplätze. Eine sehr freundliche Gegend im Vergleich zu diesen Felsen.

Überhaupt hatten sie auf ihrem kleinen und überschaubaren Kontinent alle Arten von Landschaften. Es war geradezu absurd, dass beispielsweise bei den Vogelmenschen sich über tausende von Kilometern dieselben Wälder und Wiesen hinzogen, während bei ihnen bei jeder Abbiegung etwas Neues auftauchen konnte.

Niemand hatte bisher groß die Flora und Fauna des Schreiberkontinents studiert, es gab auch keine Aufträge zu diesem Themenbereich und von sich aus wollten die Bewohner es nicht machen. Der intellektuelle Anspruch war wohl zu gering, sich mit Pflanzen zu beschäftigen. Die Natur hier war ein Hintergrundrauschen, eine Kulisse, die überwunden werden musste, wenn man zum Reisen gezwungen war. Oder diente zur Nahrungsaufnahme, da nicht alles geliefert werden konnte. In den meisten Fällen allerdings konnte sie mit ihren unbändigen Gewalten aller Art sehr beängstigend sein.

„Als ich zu dir unterwegs war", erzählte Helga, „habe ich mich nicht getraut, bei jemandem zu übernachten."

„Warum?"

„Kann ich nicht sagen", sie zuckte mit den Schultern. „Ich weiß nicht, wem man trauen kann, wem nicht. Wer einem das Manuskript klaut, wer einen unter Druck setzt, bedrängt, belügt, ausnutzt, manipuliert, auf den falschen Weg schickt, verletzt. Alles schon erlebt. Und ich bin klein, jung und naiv, ich kann mich nicht immer wehren."

„Das stimmt. Ich kann mich noch gut an dieses Alter erinnern. Du sollst in aller Welt umherziehen, aber hast keine Ahnung, wie. Zurückgehen ist auch keine Option."

„Genau. Ich habe dann allein im Wald übernachtet. Das war auch sehr furchtbar. Erstens war es verdammt kalt, unvorstellbar kalt", sie deutete ein Zittern an, „und dann war es so einsam und verlassen. Überall diese merkwürdigen Geräusche, diese undurchdringliche Schwärze, der Wahnsinn, der einem aus jeder Pore quillt", sie schüttelte sich.

„Hört sich schlimm an", Karl-Gustav nickte. „Ich kann aber nicht ausschließen, dass es wieder notwendig wird."

Helga nickte widerwillig.

„Kannst du glauben, dass die Leute auf dem Urwald-Kontinent angeblich immer draußen schlafen? In Baumhäusern", bemerkte Karl-Gustav.

„Sie haben einen anderen Bezug zur Welt", warf Helga ein.

„Natürlich", sie nahmen eine Kurve und kamen den ersten Häusern immer näher. „Sie leben außerdem in einer merkwürdigen Verflechtung zwischen Technik, Produktion und Naturbezug."

„Du meinst die Herstellung von Androiden", rief Helga.

„Auch. Aber die ganze Produktion ist ein hartes Geschäft. Allein die Herstellung von Medikamenten, auf die wir so selbstverständlich zurückgreifen. Die Menschen werden zu Maschinen und Maschinen zu Menschen, der Urwald zur Fabrik und die Industrie zur Natur", sinnierte Karl-Gustav.

„Puh, das ist eine wirklich lahme Dichotomie, findest du nicht?", Helga warf ihm einen belehrenden Blick zu.

Karl-Gustav musste unwillkürlich lachen. „Gut auf den Punkt gebracht", erwiderte er anerkennend.

„Androiden, Vogelmenschen, Naturgeister, Spinnenmenschen, Weltraumfahrer,… Ich will das alles mal mit meinen eigenen Augen sehen", begeisterte Helga sich und sprang dabei fast in die Luft.

Karl-Gustav schwieg. Er wünschte sich das auch. Und auch nicht. Er würde alles dafür geben, einmal einem Vogelmenschen gegenüberzustehen, sich mit ihm zu unterhalten, seine Gedankenwelt kennen zu lernen. Sie standen für das Wilde, Gefährliche, Abenteuerliche, Unmittelbare. Andererseits fürchtete er sich vor diesen Dingen mehr als alles andere und versuchte sie um jeden Preis zu vermeiden. Warum gab es nicht einfach das sichere Abenteuer, das gezähmte Wilde, das aus der Distanz betrachtete Unmittelbare, die harmlose Gefahr.

Er kannte die Antwort. Generationen von Sozialwissenschaftlern, beginnend mit dem 21. Jahrhundert, hatten sie immer wieder aufgeschrieben. Weil es dann nicht das Leben wäre. Mist.

„Hallo", hörten sie plötzlich eine Stimme.

Karl-Gustav schaute auf, schlüpfte schnell wieder aus seinen Gedanken heraus und sah einen Mann vor ihnen stehen. Helga und er hielten an. Statt eines Hutes trug er eine graue Filzmütze auf dem Kopf, war von hagerer Gestalt, wie wegen der Unterernährung fast alle Schreiber, seine braune Stoffhose flatterte um seine Beine und wurde von Hosenträgern an Ort und Stelle gehalten. Sein Blick war nach unten gerichtet, so als traute er sich nicht, sie anzusehen. Im Hintergrund sah Karl-Gustav, dass die ersten Häuser nur noch ein paar Meter entfernt waren.

„Gestatten, ich bin Friedrich Köhler", er nahm seine Mütze ab und deutete eine Verbeugung an. „Uns ist zu Ohren gekommen, dass Ihr, Karl-Gustav Wolkebarth, auf dem Weg seid nach Sema, um den Gründermythos zu reinstallieren und da wollte ich Ihnen mein Haus als Unterkunft zur Verfügung stellen", trug er vor.

Karl-Gustav und Helga warfen sich schnell Blicke zu. Er wusste nicht, was er darauf erwidern sollte.

„Woher…", setzte Karl-Gustav schließlich an, „woher habt Ihr diese Information, wer hat das alles in die Welt gesetzt?"

Friedrich räusperte sich und drehte seine Mütze zwischen den Fingern, als wäre ihm die Frage unangenehm.

„Die Stromausfälle... wisst ihr, die Menschen sind sehr aufgebracht", murmelte er.

„Ja, es ist nichts mehr, wie es war", sagte Karl-Gustav mehr zu sich selbst. „Wir... wir möchten niemanden Unannehmlichkeiten bereiten", brachte er stockend hervor und sie setzten sich wieder in Bewegung.

„Aber nein", Friedrich lief jetzt neben ihnen. „Ich habe keinerlei Umstände. Wir sind gleich da."

Er zeigte auf ein winziges Häuschen relativ weit vorne in der Straße, welches in einem ähnlichen Baustil errichtet worden war wie die, die Karl-Gustav aus seinem Dorf kannte. Spitzes, mit dunklen Ziegeln bedecktes Dach, kleine Fenster, Holzfassade.

Friedrich lief vor, öffnete die Tür und strahlte sie beide einladend an. Karl-Gustav nickte und trat ein, Helga folgte ihm.

Karl-Gustav setzte den Hut ab und schaute sich flüchtig um. Das Arbeitszimmer und die angrenzende Küche waren kleiner als in seinem Haus, weitere Räume schien es nicht zu geben.

„Es tut mir leid, ich weiß, es ist nicht viel Platz...", schien Friedrich seine Gedanken erraten zu haben.

„Wir kommen selbstverständlich für alles auf", unterbrach ihn Karl-Gustav und wusste einen Moment nicht, wohin mit sich. Es war schon lange her, dass er bei jemandem zu Besuch war. Georg war der letzte gewesen, bei dem er mal war. Die Erinnerung daran versetzte ihm einen kurzen Stich.

„Das kommt nicht in Frage", erwiderte Friedrich und lief ziellos um sie herum. „Ihr habt bestimmt Hunger", rief er plötzlich, als hätte er einen Geistesblitz.

„Du kannst Karl-Gustav zu mir sagen", bemerkte Karl-Gustav, „und das ist Helga", er zeigte auf seinen Lehrling.

„Sehr angenehm", Friedrich lächelte und deutete eine Verbeugung an.

Dann verschwand er in der Küche.

Karl-Gustav ließ sich auf den Schreibtischstuhl fallen und merkte erst jetzt, wie müde er eigentlich war. Seine Füße waren lange Märsche nicht gewohnt und ächzten vor sich hin. Er streifte die Lederstiefel ab, Helga tat es ihm nach. Sie setzte sich dazu auf einen winzigen Schemel, den sie irgendwo hervorgezogen hatte. Den Hut legte sie auf die Stiefel, entledigte sich dann ihres Jacketts. Streckte sich ein paar Mal und gähnte.

Das Zimmer war einfach und funktional eingerichtet. Der Computer war ein etwas älteres Modell als sein eigener, auf dem Schreibtisch türmten sich

Papiere. Karl-Gustav konnte einen Bleistift aus Eibe entdecken, nicht unsympathisch. Der Holzboden war schon etwas verbogen und knarzte sanft bei jeder Bewegung. Die Bücher im kleinen Regal wollte er sich später genauer anschauen. Auf dem kleinen Schränkchen fanden sich die seltsamsten Objekte, die Karl-Gustav nicht zuordnen konnte: ein Gesteinsklumpen aus einem schwarz-rotem Material, eine Art Gefäß mit fremdartigen Schriftzeichen, ein Gerät, das am ehesten an ein Fernglas erinnerte, aber mit Knöpfen und Rädchen.

„Es gibt Suppe", verkündete Friedrich, als er mit zwei dampfenden Schüsseln zurückkam.

Er holte eine weitere Schüssel und setzte sich auf eine Holzkiste, die er aus dem Flur gezogen hatte. Sie fingen an zu essen. Die Suppe war wässrig, aber warm und mit Gemüse. Es war eine eigenartige Stimmung so nebeneinander zu sitzen und die Kaugeräusche der anderen zu hören. Ab und zu klapperten ihre Löffel an den leicht verbeulten Metallschalen. Jeder vermied es den anderen anzusehen und einfach nur möglichst unauffällig zu essen. Gemeinsame Nahrungsaufnahme war auf jeden Fall nicht Karl-Gustavs Lieblingsbeschäftigung.

Helga kratzte die letzten Reste aus. Sie musste wohl sehr hungrig gewesen sein. Ihr Körper befand sich im Wachstum und sie war es noch nicht gewohnt über Stunden oder Tage zu hungern wie Erwachsene.

In diesen Teil der asketischen Schreiberphilosophie musste sie noch reinwachsen.

„Ich habe hier nur einen Schlafplatz", sagte Friedrich und stellte die Schüssel auf den Boden.

„Kein Problem", winkte Karl-Gustav ab, „wir brauchen wirklich nichts außer einem Dach über dem Kopf, das reicht uns völlig. Ich habe jetzt schon ein schlechtes Gewissen, dich aufgehalten zu haben."

„Du machst wohl Scherze", Friedrich starrte ihn mit weit aufgerissenen Augen an. „Es ist mir eine Ehre, den besten Schreiber in meinem Haus begrüßen zu dürfen."

„Ich bin nicht der Beste, noch nicht einmal annähernd", erwiderte Karl-Gustav kühl und mit durchdringendem Blick.

Solche Aussagen machten ihn extrem nervös. Was dachten sich die Leute dabei? Er würde nie behaupten, dass irgendjemand der Beste auf einem Gebiet wäre, so eine Wertung würde ihn überhaupt nicht interessieren und war eines Schreibers auch unwürdig.

Es klopfte an der Tür und eine Frau trat augenblicklich ein. Sie hatte einen Zopf, ein bodenlanges blaues Kleid und war außer Atem. Sofort wich sie zwei Schritte wieder zurück, offenbar hatte sie diese Versammlung nicht erwartet.

„Gisela!", rief Friedrich und es klang nur so halb erfreut.

„Entschuldigung", entgegnete sie und blickte ratlos umher. „Er ist schon da…", murmelte sie und hinter ihr traten noch mehr Leute ein.

„Was…", brachte Friedrich hervor.

„Es ist Karl-Gustav…"

„Wolkebarth ist hier…"

„Er ist tatsächlich rausgekommen…"

Ein Gemurmel entstand und immer mehr Männer, Frauen und Kinder kamen rein, es wurde schnell voll in dem kleinen Eingangsbereich. Karl-Gustav warf Helga einen überforderten Blick zu, sie schaute ebenfalls verwirrt.

„Was machen diese Leute hier?", flüsterte er schließlich Friedrich zu.

„Sie kommen, um dich zu sehen", erwiderte er.

„Mich sehen?", fragte Karl-Gustav irritiert.

„Herr Wolkebarth", richtete einer von ihnen das Wort an ihn und das Gemurmel verstummte für einen Moment.

„Ja?", antwortete er und versuchte dabei entspannt zu wirken.

„Man sagt…", setzte der Fragende an und seine Stimme war kurz davor zu brechen, „dass…", er konnte die Frage nicht zu Ende bringen.

„Dass wir nicht mehr schreiben sollen", fuhr jemand anderes fort, „dass die Welt die Schreiber nicht mehr braucht."

In Karl-Gustav zog sich alles zusammen. Was für eine furchtbare Idee. Das war unvorstellbar. Seit der Herstellung der ersten Schriftstücke wurden Schreiber benötigt. Sie konnten niemals obsolet werden. Oder doch?

„Es heißt, die Grenzen öffnen sich und unser Kontinent löst sich auf, jeder kann dann Schreiber sein…", sagte ein kleiner Junge und klammerte sich an seine Mutter.

Das ergab doch gar keinen Sinn. Ob jemand schrieb oder nicht hatte mit den Landesgrenzen ja nicht viel zu tun. Die Leute brachten aber auch alles durcheinander.

„Wer soll jetzt unsere Kinder schützen, jetzt, wo…", warf jemand ein.

Karl-Gustav räusperte sich. Seine Gedanken wirbelten herum, er versuchte irgendwas davon zu fassen zu bekommen. Schließlich stand er auf, schnappte sich den Bleistift vom Schreibtisch und wirbelte ihn zwischen den Fingern herum.

„In der Tat ist etwas zerbrochen", setzte er an und versuchte möglichst nicht eine Einzelperson zu fokussieren, das war nicht so einfach mit so vielen Augen, die auf ihn gerichtet waren. „Unsere Kontinentalplatten haben sich verschoben, dabei sind Risse und Sprünge entstanden. Wir alle spüren die Folgen tief in unserem Dasein, vor allem in unseren Fingerspitzen. Merkwürdige Dinge passieren als

Konsequenz daraus. Die Wahrheit ist, niemand ist sicher vor den Kräften, die jetzt auf uns wirken", Karl-Gustav ließ seinen Blick über die schweigende Menge schweifen. Verlier dich jetzt nicht im Philosophieren, dachte er, das bringt nichts, werde konkret oder so. „Der Schreibfluss ist auf allen Kanälen ins Stocken geraten, an manchen Stellen ja sogar ganz versiegt. Ein schleichender Tod", er atmete tief durch. Jetzt bloß nicht dramatisieren, schoss es ihm durch den Kopf, reiß dich zusammen. „Ich habe keine Lösung parat, jeder, der das behauptet, ist ein Schwindler. Aber ich möchte euch auffordern, euch anraten, eure Bleistifte zu zücken und eure Sinne ganz frei schweifen zu lassen. Begebt euch in den Schreibflow, geht tief in die Wörter, begrabt euch in Buchstaben und kreiert einen Text, der nicht für die Auftraggeber, nicht für die anderen Kontinente, nicht für den Austausch bestimmt ist. Dieser Text wird nur für uns sein. Das ist jetzt unsere Aufgabe."

Eine schneidende Stille folgte seiner Ansage. Nicht das winzigste Geräusch war zu hören. Karl-Gustav war selbst wie erstarrt, er hatte schon lange nicht mehr so ungefiltert, unverschriftlicht gesprochen.

„Warum nicht", sagte der kleine Junge von vorhin.

„Versuchen kann man es ja", fügte jemand hinzu.

„Ich verstehe nichts mehr…"

Ein Gemurmel entstand und der Pulk löste sich auf, Friedrich schloss die Tür hinter dem letzten Besucher.

„Es tut mir leid", sagte er dann und strich sich nervös durch die Haare.

„Das war ganz gut", nickte Helga Karl-Gustav zu. „Man könnte aus den Beiträgen eine Art Sammelband machen. Titel: ‚Schreiben gegen die Krise' oder sowas."

„Nein, nein", Karl-Gustav lief zur Terassentür, die einen Blick in den Garten freigäbe, wenn es nicht bereits stockdunkel wäre. „Bloß kein festes Format. Wenn überhaupt jemand was dazu schreibt, dann…", er machte eine ausladende Geste in die schwarze Nacht hinaus, „… dann wird es eine Art semantisches Blätterrauschen, ein Wortregen, eine neu erschaffene Welt aus Zeichen und Symbolen, die wir atmen."

„Okay", sagte Helga, „das… ich bin einfach nur sprachlos."

„Und ich bin unendlich müde" erwiderte Karl-Gustav und drehte sich wieder um, ließ sich auf den Bürostuhl fallen und schlief ein.

„Ich mache Übersetzungen für extraterrestrische Sprachen", war das nächste, was Karl-Gustav hörte, es war Friedrichs Stimme.

„Du weißt, dass unser Planet im engen Austausch mit anderen Zivilisationen steht?", fragte Friedrich. „Es geht natürlich vor allem um Technologietransfer. So haben wir einiges an Expertenwissen im Bereich künstlicher Intelligenzen importiert. Es geht aber auch um das Erforschen der anderen Spezies, um Raumfahrt, militärische Verteidigungsstrategien, es gibt einen großen Kunstmarkt, mentale Manipulationstechniken, politische Allianzen, ... ich könnte die Aufzählung noch Stunden fortführen. Was nicht heißt, dass ich das alles verstehe."

„Wow, das ist unglaublich", erwiderte Helga.

„Für diese ganzen Interaktionen und Transfers sind Übersetzungen von höchster Bedeutung, besonders da, wo Dolmetscher-Programme an ihre Grenzen stoßen", erklärte Friedrich weiter.

Karl-Gustav hob seinen Kopf und öffnete die Augen. Dem Licht nach zu urteilen war es schon länger hell. Er hatte eigentlich geplant sehr früh aufzubrechen.

„Guten Morgen", Friedrich nickte ihm zu und auch Helga hob ihre Teetasse zum Gruß.

„Es gibt nur sehr wenige, die diese Fertigkeiten beherrschen", bemerkte Karl-Gustav und streckte sich.

Es war sehr ungewohnt auf einem fremden Bürostuhl zu schlafen. Seine Knochen fühlten sich verbogen an. Er stand auf und lehnte sich an die Tischkante, um den beiden zuzuhören.

„Das stimmt, nur noch drei Leute", bestätigte Friedrich. „Unser Anleiter ist ja leider verstorben, er war extrem gut. An sein Niveau komme ich nicht annähernd heran, aber ich gebe mir Mühe. Es ist das spannendste Themenfeld, das es gibt, wenn man mich fragt."

„Was... was gibt es da draußen für Lebensformen, für Planeten?", fragte Helga mit großen Augen.

„Das kann man sich gar nicht vorstellen", Friedrichs Augen begannen zu leuchten. „Es ist so skurril und abwegig manchmal, und ich bekomme ja nur die Schriftstücke, hab diese Welt noch nicht mal mit eigenen Augen gesehen, bin sozusagen der Blinde unter den Dreiäugigen", er schmunzelte.

Karl-Gustav mochte diesen Ausdruck auf seinem Gesicht. Es war das Fröhlichste und Hoffnungsvollste, das er seit Langem gesehen hatte.

„Meine Kontaktperson, Skai, ich stehe in engem Austausch mit ihr, sie gibt mir immer die Hintergründe zu den Texten, die ich übersetzen soll und das reißt mich manchmal so von den Socken, dass ich tagelang nicht schlafen kann", berichtete Friedrich und sein Blick verlor sich irgendwo in der Ferne. „Zuletzt habe ich eine Anfrage bearbeitet, da ging es um einen Sammler aus einer bisher unbekannten Welt, wir kannten seine Sprache nicht. Er hatte Skai übermittelt, dass er ein sehr seltenes Artefakt suchte, welches sich auf der Erde befinden sollte. Das war extrem knifflig, ich musste alle meine linguistischen Kenntnisse herauskramen. Seine Sprache passte einfach nicht in die bisher bekannten Muster, bis ich endlich den Durchbruch hatte. In seiner Spezies standen die kürzesten Zeichen, die kleinsten Laute für ganze Sätze, für hochkomplexe Zusammenhänge. Damit hatte ich einfach nicht gerechnet."

„Zieht es dich nicht manchmal dorthin?", fragte Helga.

Friedrich spitzte die Lippen. „Ich hab zu viel Angst. Hier habe ich meinen Platz, dort würde ich mich verlieren. Natürlich würde ich Skai gerne kennen lernen, sie scheint eine außergewöhnliche Person zu sein, sie kämpft auf vielen Ebenen für unseren Schutz, unser Wohlergehen."

„Kämpfen?", Helga runzelte die Stirn.

„Es gibt unzählige Konflikte, wir bekommen das alles natürlich nicht mit. Militärischer Art, aber auch wirtschaftspolitischer. Sie und die anderen halten uns den Rücken frei", erklärte Friedrich.

„Hat sie dir diese Sachen geschenkt?", fragte Karl-Gustav und zeigte auf das Regal.

„Genau", Friedrich nickte und stand auf. „Das hier", er nahm das merkwürdige Gerät in die Hand,

„damit kann ich die Sterne observieren, wenigstens etwas."

„Ich befürchte, wir müssen weiter", Karl-Gustav suchte sein Jackett und zog es sich über.

Helga warf ihm einen zustimmenden Blick zu und holte ihre Stiefel. Friedrich verschwand in der Küche und kam mit einem Glas Milch wieder.

„Danke", sagte Karl-Gustav und nahm es entgegen, die Nahrungsaufnahme tat gut.

Sie suchten ihre Sachen zusammen und traten heraus in die kühle Luft. Friedrich blieb im Türrahmen stehen und schaute wehmütig.

„Danke für die Gastfreundschaft", Karl-Gustav deutete eine Verbeugung an und tippte seinen Hut dabei an.

„Ich… ich möchte dir das hier geben, wegen deiner Ansprache gestern…", Friedrich nestelte hinter seinem Rücken und zog schließlich ein mit Bleistift beschriebenes Blatt hervor, „vielleicht kannst du es gebrauchen…"

Karl-Gustav nahm es entgegen und wollte einen Blick darauf werfen, da kam Gisela von der anderen Straßenseite auf sie zugestürmt.

„Ich habe es gerade erfahren", sie war ganz außer Atem.

„Um Himmels Willen, was ist passiert?", rief Friedrich aufgeregt.

„Es wurde…", sie keuchte, ihre Augäpfel traten hervor, Strähnen ihres Zopfes hingen ihr ins Gesicht.

Karl-Gustav schaute Helga an, die ganz blass wurde und Gisela fixierte.

„… es wurde wieder jemand getötet", brachte die Nachbarin schließlich hervor.

„Ach du Schande", Friedrich schlug die Hände vor das Gesicht und drehte sich weg.

„Wer ist es", krächzte Helga, ließ ihre Aktentasche fallen und stürzte sich auf Gisela, als wollte sie die Information aus ihr herausschütteln.

Karl-Gustav sah, dass Gisela es nicht sagen wollte, sie verzerrte ihr Gesicht und lief hilflos ein paar Schritte rückwärts, um Helga loszuwerden, doch die ließ sich nicht abwimmeln.

„Konstantin Winkelmacher", flüsterte sie schließlich mit einer Grabesstimme.

Helga wurde augenblicklich weiß im Gesicht und erstarrte. Alle hielten die Luft an. Dann, urplötzlich, rannte sie davon.

„Wer war es? Wer hat es getan", quetschte Karl-Gustav hervor und schaute Helga hinterher. Hoffentlich beging sie keine Dummheit.

Gisela schüttelte den Kopf. „Man weiß es nicht. Er wurde… also er wurde…", sie begann schwer zu schluchzen, verbarg ihr Gesicht in den Händen.

Ein anderer Mann kam herbei, mit unbeweglichem Gesicht, stellte sich neben sie.

„Was für eine Tragödie", murmelte er.

Friedrich machte eine fragende Geste.

Der Mann deutete mit der Hand eine schneidende Bewegung am Hals an.

„Oh Himmel", flüsterte Friedrich mit der Stimme eines Geistes.

Noch mehr Leute kamen angerannt und redeten durcheinander. Karl-Gustav bekam viele Blätter in die Hand gedrückt, er wusste gar nicht wie. Schließlich schnappte er sich Helgas Tasche und lief ihr hinterher.

Schon nach ein paar Minuten stellte er fest, dass er eigentlich nicht rennen konnte. Seine Lungen rasselten ob der Überforderung, die Füße schleiften über dem Boden, die Arme schlenkerten wie überflüssige Anhängsel. In seiner Seite breitete sich ein scharfes Stechen aus, das er so nicht kannte. Er war gezwungen langsamer zu laufen.

Wo war Helga? Die Richtung, in die sie verschwunden war, war immerhin dieselbe, die nach Sema führte. Sobald er das Dorf hinter sich gelassen hatte setzte ein tiefer und dunkler Wald aus gigantischen Farnbäumen ein, den er noch gut von Früher in Erinnerung hatte. Hier wurde es ungemütlich.

„Helga!", rief er ein paar Mal, hatte aber sofort das Gefühl, seine Stimme würde von den riesigen Blättern verschluckt werden und drang nicht durch.

Es war ein komisches Gefühl, ohne Helga unterwegs zu sein. Erst jetzt wurde ihm bewusst, wie sehr sie ihm ans Herz gewachsen war. Vorsichtig setzte er einen Fuß vor den anderen, die trockenen Blätter knisterten unter seinen Schuhen. Würde er diese Reise ohne sie überhaupt schaffen? Es schien alles so sinnlos, Sema unendlich weit weg.

Die Äste der Farnbäume hingen tief und versperrten mit ihrer großflächigen Form einen weiträumigen Blick in die Gegend. Immer wieder raschelte es unweit von ihm, dann flatterte es über seinem Kopf.

Er traute sich gar nicht mehr, nach Helga zu rufen, fürchtete sich vor dem Klang seiner eigenen Stimme in dieser Wildnis. Wer wusste schon, wer dadurch noch angelockt wurde.

Die Bäume standen nun so eng, dass er ihre palmenartigen Auswüchse immer öfter zur Seite schieben musste, um vorbeizukommen. Ihre Struktur war rau und die Unterseite mit daumengroßen Körnern versehen, die bei der kleinsten Berührung abfielen. Bald sah er sich umringt von einem grünen Vorhang, der niemals enden wollte. Gleichzeitig war es gespenstisch still, kein Vogelzwitschern, kein Zirpen war zu hören. Das war ein höchst seltsamer Ort, der sich durch ein Überangebot an Biomasse und einen Mangel an Lebewesen auszeichnete, zumindest so weit, wie es für Karl-Gustav zu erkennen war.

Leider gab es von Helga keine Spur. Karl-Gustav suchte sich einen umgestürzten Baumstamm und setzte sich drauf. Das morsche Holz knirschte leicht, die lose Rinde zerfiel und rieselte mit einem feinen Geräusch auf den Waldboden.

Falls er Helga wiederfand, konnte er sie überhaupt vor dem wahnsinnigen Irren beschützen, der hier sein Unwesen trieb? Karl-Gustav war nicht gut im Kämpfen. Niemand war es auf dem Kontinent, es war bisher auch nicht notwendig gewesen. Genauso wenig mussten sie gut tauchen, denn Wasser war in ihrem Leben absolut irrelevant. Oder Fußball spielen. Büffel jagen. Ein Flugzeug steuern. Und jetzt, von einem Tag auf den anderen, sollten sie sich im Nahkampf beweisen.

Es war eine der größten Errungenschaften, die sie als Gemeinschaft zustande gebracht hatten: Die Abschaffung aller physischen Gewalt. Bis jetzt. Es konnte einfach nicht wahr sein, dass dieser Zustand der Vergangenheit angehörte. Wie konnte es sein, dass jemand von Ihnen, jemand, der in Ihrer Gemeinschaft sozialisiert wurde, auf die Idee kam, mit einer Waffe auf jemand anderes loszugehen und demjenigen unter Anwendung stumpfer physischer Körperkraft letale Verletzungen zuzufügen. Widerlich. Das ganze Blut, die Schreie, die Innereien, das würde doch keiner ernsthaft wollen.

Vielleicht war es jemand von außerhalb? Aber wie sollte sich derjenige hier unbemerkt bewegen. Jemand, der kein Schreiber war, würde sofort auffallen. Sie waren ja nur ein paar zehntausend Einwohner. Und dann auch gezielt die Kinder aus Helgas Umfeld anzugehen, nein, das war jemand vom Kontinent. Das Ganze hatte eine Handschrift, nur, wessen? Klar kalkuliert, unbarmherzig ausgeführt, unbemerkt verschwunden. Geradezu eine Meisterleistung.

Gedankenverloren knibbelte Karl-Gustav die Rinde von dem Baumstamm unter ihm ab und sie rieselte auf den Boden, welche komplett mit sich kräuselnden, ausgetrockneten, braunen und grünen Farnblättern bedeckt war. Wie gerne würde er jetzt lieber an seinem Schreibtisch sitzen, in einen Text aus einer der Philosophie-Zeitschriften vertieft, im Schriftwechsel mit einem Fachkollegen, bei der Überarbeitung eines neuen Textes. Er und sein Bleistift und nicht er und sein Baumstamm.

Plötzlich hörte er ein weit entferntes Schluchzen. Er hielt inne und lauschte angestrengt, versuchte herauszufinden, woher das Geräusch kam. Es war überall und nirgends, schwebte irgendwie in der Luft.

Karl-Gustav stand auf und lief ein paar Schritte, drehte seine Ohren in alle Richtungen. Schließlich wanderte sein Blick nach oben. Dort, inmitten einer Baumkrone, saß Helga. Wie war sie nur da hochgekommen? Der Stamm dieser Bäume hatte keine Seitenäste, sondern nur diese schuppigen hölzernen Überreste, die abbrachen, sobald man sich an ihnen zu schaffen machte.

„Helga, komm runter", rief Karl-Gustav und winkte ihr.

Sie schaute zu ihm, schien zu überlegen und schüttelte den Kopf. Jedenfalls glaubte er das auf die Entfernung zu erkennen.

„Wir müssen weiter, was machst du da oben?", rief Karl-Gustav nun etwas strenger.

Sie drehte sich von ihm weg. Karl-Gustav stapfte direkt zu dem Baum und stellte sich drunter. Ihm fiel nichts Gutes ein, was er sagen sollte. Er konnte sie nicht hier lassen, er konnte nicht allein weiter gehen. Natürlich war er nicht sonderlich gut in diesen Dingen. Svetlana zum Beispiel war viel geübter, sie würde bestimmt die Situation analysieren und Schlüsse ziehen, was jetzt zu tun sei. Psychologie lag ihr einfach, und sie behielt immer einen kühlen Kopf, hatte den Überblick und den nötigen Grips für komplizierte Vorgänge.

„Du kanntest diesen Konstantin wohl ganz gut", fing Karl-Gustav an und lief dabei um den Baum herum. „Es ist sicherlich ein Schock, dass er... dass diese furchtbaren Dinge passiert sind. Sicherlich kann ich nicht nachvollziehen, wie sich das anfühlt. Vielleicht so, dass man auf einen Baum klettern möchte."

Es entstand eine längere Pause, in der nur das Schniefen von Helga zu hören war.

„Wusstest du", setzte Karl-Gustav erneut an, „dass fünfzig Prozent der Menschen, die einen Baum hochklettern, eigentlich sofort wieder runter wollen. Von den anderen fünfzig Prozent hat man nie wieder etwas gehört."

Karl-Gustav trat ein paar Schritte zurück, um einen Blick auf Helga werfen zu können. Er konnte nicht viel erkennen, außer dass sie zusammengekauert wie eine übergroße Kokosnuss zwischen den Ästen saß und den Kopf in ihren Knien vergrub.

„Zu welcher Gruppe möchtest du gehören?", schob er hinterher.

Es dauerte noch eine Weile, dann bewegte sich zu seiner großen Erleichterung da oben etwas. Er hoffte, dass sie nicht heruntersprang oder so etwas Waghalsiges. Sie drehte sich um und ließ sich vorsichtig an dem Baumstamm heruntergleiten. Ein ratschendes Geräusch ertönte und schneller als gedacht landete Helga neben ihm auf dem Boden.

Sie schaute ihn nicht an, sondern richtete ihren Hut, klopfte sich die Blätter und Holzteile von der Kleidung und stapfte zurück auf das, was der Weg sein konnte.

„Wir müssen noch vorsichtiger sein, du darfst mir auf keinen Fall von der Seite weichen", bemerkte Karl-Gustav, während er ihr folgte.

Er versuchte sich vorzustellen, wie er Helga verteidigen würde, wenn jemand mit einem Messer auf sie losging. Er hatte keinen blassen Schimmer, wie er es anstellen sollte. Hoffentlich würde ihn in einer solchen Situation sein Instinkt leiten. Überlebensinstinkt oder sowas. Unpraktisch nur, dass der Fluchtreflex so stark bei ihm ausgeprägt war. Das würde Helga nichts nützen. Andererseits würde er es natürlich nicht verkraften, wenn ihr etwas zustieße.

Helga lief voran und gemeinsam bahnten sie sich den Weg durch diesen merkwürdigen Dschungel voller grüner Vorhänge.

„Ihr standet euch sehr nahe?", versuchte es Karl-Gustav erneut.

Helga atmete ein paar Mal hörbar ein und aus, ihr Gang hatte etwas Widerwilliges, Verlorenes, Schwerfälliges. Der Elan, den er von ihr gewohnt war, war verschwunden.

„Er war mein Freund, ein sehr enger Freund", erzählte sie schließlich leise und Karl-Gustav musste sich nach vorne beugen, um ihre Stimme gegen das Rascheln der Blätter zu hören. „Mehr noch als die anderen. Er schrieb über Meteorologie. Wir wollten zusammenziehen, wenn wir mit unseren Ausbildungen fertig waren. Und jetzt ist das alles weg, für immer. Ich kann nicht begreifen, dass wir uns nie mehr sehen werden. Nichts macht mehr Sinn, ich will nicht mehr nach Sema, ich will gar nichts mehr."

Karl-Gustav dachte an die fünf Phasen der Trauer, konnte aber dieses theoretische Wissen nicht sinnvoll mit der momentanen Situation verknüpfen.

„Hattest du schon einmal so jemanden in deinem Leben?", fragte Helga mit brüchiger Stimme.

„Einige Männer und Frauen hatten diese Bedeutung für mich, ja", er schaute hoch, aber kein Himmel, kein Sonnenstrahl war zu entdecken. „Zuletzt Georg, unser Zusammensein war sehr intensiv", er räusperte sich ausgiebig und schüttelte unwillkürlich den Kopf, um diese schwierigen Gedanken zu sortieren. „Wir haben zusammengewohnt, wir waren intellektuell absolut auf einer Wellenlänge, wir waren jung, wir hatten so viele Pläne…", Karl-Gustav blieb stehen und sein Blick blieb an einem halb umgestürzten Baum hängen, der quer stand und dessen Blätter schlaff und abgestorben herunterhingen.

Irgendwas in seinem Brustkorb schmerzte. Es war nicht so sehr, dass er Georg hinterher trauerte, sondern ihrer gemeinsamen Vision, der Vorstellung, dass man nicht allein war und mit jemanden das Leben teilen konnte, ohne sich in Kompromissen zu verlieren.

„Karl-Gustav?", Helga hatte sich umgedreht und sah ihn fragend an.

Selbst in dem gedämpften Licht konnte er ihr verweintes Gesicht deutlich erkennen.

„Ja, ja", er kratzte sich am Hinterkopf und lief weiter. „Georg ist ein Choleriker, er regt sich über alles auf, irgendwann gab es nur Streit. Ich brauche Ruhe für meine Gedanken, er benötigt eher viele Impulse und Aufregung um sich herum. Ich befürchte, er hat mir bis heute nicht verziehen, dass ich einfach gegangen bin."

„Eine typische Beziehungsgeschichte der Schreiber", lamentierte Helga.

„Jawohl", pflichtete Karl-Gustav ihr bei.

Nach einigen Stunden wurden die Farnbäume endlich weniger und es wurde heller.

„Bist du dir sicher, dass wir den richtigen Ausgang aus dem Wald genommen haben, das alles hier sieht so merkwürdig aus", stutzte Karl-Gustav und schaute sich um.

Die Landschaft vor Ihnen morphte mehr und mehr in eine holprige Ödnis, die aus moosbewachsenen Vulkansteinen bestand.

„Die Steine sind schon richtig", bemerkte Helga und verengte die Augen zu schmalen Schlitzen. „Allerdings hatte ich die Position des Vulkans in anderer Erinnerung, er müsste weiter westlich stehen."

Karl-Gustav fixierte die geologische Formation, die etwa in zehn Kilometer Entfernung einsam am Horizont stand. Seine Erinnerung an den Weg wurde immer lückenhafter und verworrener. Was war mit dem Vulkanfeld, welches vor Jahrzehnten hier runtergeflossen und zu Stein erstarrt war? Befand es sich letztes Mal auch schon auf dem Weg nach Sema?

„Wir gehen zum Vulkan, danach kann ich mich besser orientieren", sagte Helga langgezogen und sichtlich lustlos.

„Das ist ja an sich nicht weit, aber wenn wir mühsam jeden Stein überwinden müssen, brauchen wir ewig", murmelte Karl-Gustav.

Wenn Helga sich nicht auf dem Baum versteckt hätte, hätten sie es noch vor Einbruch der Dunkelheit geschafft dort hin zu kommen. Vielleicht war dort eine Siedlung. Jetzt würden sie deswegen einen ganzen Tag verlieren. So war das, wenn man mit anderen Menschen verbunden war.

„Also, dann mal los", seufzte Karl-Gustav und stieg mit einem großen Schritt auf die erste Erhebung.

Vor ihnen erstreckte sich ein unebener Teppich aus wellenförmigen pyroklastischen Strömen, die irgendwann mal aus dem Erdinneren herausgeflossen waren und die Gegend in eine Art Mondlandschaft mit Moos verwandelt hatten. Im Gegensatz zu den Felsen wuchs hier keine Pflanze, die höher als fünf Zentimeter war. Es gab auch keinen Pfad mehr, dem sie folgen konnten. Die Sonne hatte schon längst ihre Mitte überschritten und sie kamen gefühlt gar nicht voran. Helga hatte sichtlich Mühe mit ihren kurzen Beinen von einem Hügel zum anderen zu steigen.

„Komm, ich nehme deine Tasche", sagte Karl-Gustav schließlich, widerwillig gab sie sie ihm.

Er nahm beide Taschen in die eine Hand und streckte ihr die andere entgegen.

„So geht es schneller", fügte er hinzu.

Es fühlte sich unangenehm und fremdartig an, die Haut eines anderen Menschen zu berühren. Unangemessen. Grenzverletzend. Aber so konnten sie mindestens doppelt so schnell vorankommen. Karl-Gustav zog Helga einfach mit Schwung jeden Stein hoch, anstatt dass sie da mühsam draufkletterte. Zusammen liefen sie von einem zum nächsten und fanden irgendwie einen eigenen Rhythmus durch die leblose Landschaft, die mit ihrer Monotonie bedrückte.

„Ich kann nicht mehr", keuchte Helga schließlich und auch Karl-Gustav war froh um eine Pause.

Sie setzten sich in eine Kuhle, in der sie sich sogar ganz gut an das weiche Moos anlehnen konnten. Die Landschaft hatte einen gewissen Reiz, den ihr die anderen nicht so schnell nachmachen konnten: Die Weite, das Flache, die Ebene. Ringsherum, und das hatte Karl-Gustav wirklich sonst nirgends erlebt, war der Blick unverstellt, gerade und dadurch flimmernd breit.

Er konnte nur erahnen, was jenseits der Lava lag. Wenn er nach hinten blickte natürlich der Farnwald, vorne der Vulkan, aber sonst nichts als die nackte Ebene, hinter der unvorstellbar weit weg etwas Neues kommen musste, Wälder, Städte oder letztendlich das Meer. Eigentlich würde niemand freiwillig durch diese Steinwüste wandern, und er fragte sich, was sie da gerade machten. Irgendwo mussten sie vom Weg abgekommen sein, aber es gab kein Zurück. Und immerhin waren sie hier vor Angriffen aller Art absolut sicher. Denn hier lebten keine merkwürdigen Raubtiere und keine merkwürdigen Killer.

„Ich konnte Konstantin stundenlang dabei zuhören, wie er über Wetterphänomene sprach", sagte Helga mit Blick auf den wolkenlos blauen Himmel,

„er wusste so wahnsinnig viel über die unterschiedlichen Klimazonen auf den Kontinenten, er kannte alle Wolkenformationen, globale meteorologische Prozesse und wusste sogar alles über die Klimaveränderungen der letzten Jahrtausende. Sozusagen ein Krypto-Meteorologe. Erst mit ihm habe ich verstanden, dass unser Planet ein Lebewesen ist, der auf seine eigene Weise atmet, stoffwechselt und auf Veränderungen reagiert. Ich werde nie mehr so einen Gesprächspartner haben."

„Es ist eine Schande ein Kind umzubringen", erwiderte Karl-Gustav und knibbelte das Moos von dem Gestein ab. „Hast du gar keine Idee, wer dahinterstecken könnte?"

Helga zog ihre Augenbrauen zusammen und grummelte.

„Leute, die nicht wollen, dass unsere Gesellschaft sich verändert, dass wir uns öffnen", sagte sie schließlich. „Und wenn sie uns alle beseitigt haben, haben sie ihr Ziel erreicht."

„Sag doch sowas nicht."

„Es stimmt doch, niemand will, dass sich etwas ändert, du auch nicht."

„Ich habe meine Gründe… Ich habe meine Hoffnungen und Visionen aufgeben müssen."

Du hast dich verschanzt, verkrochen, eingegraben."

„Das ist der Platz, wo ich hingehöre, der mir vom Leben zugewiesene Ort. Ich kann nur dort einigermaßen existieren, woanders gehe ich ein."

„Das stimmt nicht", Helga richtete sich auf und rückte ihren Hut zurecht, „ich habe dich gesehen, ich habe dich gelesen, ich habe dir zugehört… Aber was rede ich da, es interessiert dich ja doch nicht. Es ist dir egal, was ich denke, so wie für die anderen deines Jahrgangs sind wir nur lästige unfertige Schreiber, die sich nicht fügen wollen."

Sie lehnte sich wieder zurück und verschränkte die Arme vor sich.

Er sah die Verbitterung in ihrem Gesicht. Die Ereignisse hatten auch bei Helga tiefe Spuren hinterlassen. So war das Erwachsenwerden auch bei ihm gewesen und hatte ihn dorthin geführt, wo er jetzt war: auf zwischenmenschlichen Verlust folgte soziale Enttäuschung, darauf folgte Hoffnungslosigkeit und Frustration, dann kam der gesellschaftliche Rückzug und das Alleinsein. Natürlich musste es nicht so laufen, aber meistens war das der Weg.

Karl-Gustav konnte Helgas Aussage nichts entgegensetzen. Er konnte ihr die Trauer nicht nehmen. Es gab nichts, was er tun konnte.

Schwerfällig stand er auf und nahm die beiden Aktentaschen. Helga rappelte sich ebenfalls auf. Wortlos setzten sie ihren Weg fort. Es fühlte sich falsch an, ihre Hand zu halten.

Stundenlang krochen sie durch die Ödnis, die auf Dauer so irreal wirkte. Karl-Gustav sehnte sich nach Wiesen, Sträuchern, sogar die Farnbäume waren ihm lieber oder irgendwas anderes Lebendiges. Hier war es so reizarm, stumpf und trostlos. Und der verdammte Vulkan schien keinen Zentimeter näher zu kommen.

Helgas Niedergeschlagenheit schien sich wie ein grauer Schleier über alles gelegt zu haben, bald wateten sie wie durch Morast, ihre Beine wurden immer schwerer, ihre Körper kraftloser. Irgendwie war das ganze Vorhaben so bedeutungslos geworden, trotzdem bewegten sie sich weiter, weil es keine Alternative gab.

Als der Himmel immer grauer wurde, suchte Karl-Gustav eine möglichst breite Kuhle, in der sie sich niederließen. Sie teilten sich die letzten Schlucke Wasser. Es war kalt. Es war unbequem. Es war eine dumme Idee gewesen, hier zu übernachten.

In der Nacht hörte er immer wieder Helgas Schluchzen. Der herzzerreißende Klang trug ihn im Halbschlaf in eine Schattenwelt aus Einsamkeit, kalter Angst und desolatem Verlorensein. Zerfaserte Dämonen flüchteten dort immer wieder wie ein schwarzer Nebel um ihn herum, kein Weg war zu sehen, stattdessen wurde er verschluckt und fiel rückwärts ins Bodenlose. In die schwarze Lava, die sich wieder verflüssigt hatte und ihn mit sich riss wie ein unendliches Universum aus leblosem Gestein.

„Karl-Gustav Wolkebarth", hörte er eine ihm unbekannte Stimme weit weg.

Er wälzte sich in dem pyroklastischen Strom hin und her und suchte nach dem Ursprung dieses fremdartigen, nicht vollständig menschlichen Tonfalls.

„Karl-Gustav Wolkebarth", sagte die wohl eher männliche Person wieder.

Er riss die Augen auf, rückte seine Brille zurecht und richtete sich schlagartig auf. Es war niemand zu sehen. Helga war auch gerade am Aufwachen und rieb sich die Augen. Es war schon hell und eine kühle Brise machte sich bemerkbar.

„Bist du das?", sagte die Stimme wieder und er hob den Kopf.

Im Himmel, direkt vor der aufsteigenden Sonne stand in der Luft dieses… etwas.

„Ist das ein Engel?", keuchte Helga und rappelte sich hektisch zusammen.

„Es gibt keine Engel", zischte Karl-Gustav und hielt sich die Hand vor die Augen, um die Sonne abzuschirmen.

Was er erblickte, raubte ihm den Atem. Eine ultramarin-blaue Gestalt, so feingliedrig wie eine Libelle, leicht wie eine Blüte und kryptisch wie eine verschollene Schriftrolle schwebte über ihnen.

„Kannst du mich verstehen?", hallte seine Stimme zu ihm herab. „Bist du Karl-Gustav Wolkebarth?"

„Ja, der bin ich", krächzte er und musste erst seine Stimme finden.

Die Gestalt senkte sich zu ihnen herab und landete leichtfüßig auf einem der etwas entfernten Lava-Klötzen. Jetzt erst konnte Karl-Gustav deutlich die gigantischen Flügel erkennen, mit einem seidigen Rascheln klappte er sie hinter seinem Rücken zusammen. Karl-Gustav vergaß fast zu atmen.

Der Vogelmann ging auf ein Knie runter und beugte seinen Oberkörper nach vorne, er wirkte erschöpft.

„Mein Name ist Jiri", sagte er schließlich und seine Aussprache klang gebrochen, als hätte er ihre Sprache erst vor Kurzem gelernt. „Ich habe dich länger gesucht."

„Mich?", platzte es ungläubig aus Karl-Gustav heraus.

„Wir haben deine Botschaft erhalten, das Buch", fuhr Jiri fort. „Es ist natürlich ein Meisterwerk, ohnegleichen, es ist ein Geschenk von unschätzbarem Wert. Ein ganzes Buch von dir, wir sind gesegnet mit deiner Weisheit. Meine Frau, Naj, sie verehrt dich seit Kindheitstagen, sie kann aber nicht hier sein, mit der Schwangerschaft kann sie diese Strecken nicht zurücklegen, sie hat mich an ihrer Stelle geschickt."

„Was… was…", stammelte Karl-Gustav, er hatte Mühe den Worten zu folgen. „Sprichst du wirklich über mich?"

„Du hast doch das Buch geschrieben?"

„Ja."

„Wir leben in schwierigen Zeiten", Jiri richtete sich jetzt auf und streckte seine Arme, um die Muskeln zu lockern. „Gerade ist alles sehr instabil, ohne den Kontakt zu den Schreibern, den Texten, der Zusammenbruch der Stromversorgung, die Umsiedlungen, es ist alles sehr ungewiss", er schaute in die Ferne.

Karl-Gustav stand auch auf, klopfte sich Grünzeug von der Hose.

„Ich kann nicht lange bleiben", Jiri wandte sich ihnen wieder zu, „meine Frau und meine Leute brauchen mich und es ist ein langer Rückweg."

„Selbstverständlich", nickte Karl-Gustav.

Jiri musterte ihn und ging ein paar Schritte nach vorne, verließ seinen Stein, um Karl-Gustavs Plattform zu betreten und sich direkt vor ihn zu stellen. Er war groß, seine Arme sehnig und mit feinen Federn bedeckt, die Hautschuppen schimmerten dystopisch. Er hatte ein kurzärmliges T-Shirt aus blauem Leinen an, sein Brustkorb zeichnete sich deutlich darauf ab.

„Ich habe etwas für dich", sagte Jiri und Karl-Gustav blickte auf.

Ihre Augen trafen sich und Karl-Gustav fiel sofort in dieses Eisblau, das so klar und strömend war wie ein Gebirgsbach. Er spürte, wie von Jiri Erhabenheit, aber auch Traurigkeit ausging.

„Diese Feder", Jiri räusperte sich und Karl-Gustav merkte, wie es ihnen beiden schwer fiel sich zu konzentrieren. „Diese Feder", Jiri zog etwas aus seiner rechten Hosentasche, „ist für dich."

Jiri hielt sie hoch und drehte sie vor Karl-Gustavs Augen. Sie schimmerte in blau, rot, silbern, grün und weiß. Karl-Gustav hob seine Hände, traute sich jedoch nicht, die Feder zu berühren. Stattdessen legte er sie um Jiris Hände und ein Kribbeln durchströmte ihn.

Jiri zog seine Hände zurück, sodass nur die Feder in Karl-Gustavs Handflächen zurückblieb. Er hielt sie wie ein aus dem Nest gefallenes Vögelchen.

„Karl-Gustav, ich würde gerne bleiben", murmelte Jiri, „Naj hatte recht, du… Sie hat mir das hier für dich mitgegeben", er zog etwas aus seiner linken Hosentasche. „Wenn es keine Beleidigung deines Intellekts ist…", er hielt ihm ein schmales Büchlein mit dunkelgrauem Einband hin. „Es ist kein fertiger Text, nur Notizen, Fragmente, Eindrücke. Naj, von der die Feder stammt, sie wollte, dass ich es dir bringe, sie wollte dir mehr als nur die Feder zurückgeben."

„Ich möchte es haben", erwiderte Karl-Gustav und riss die Augen weit auf, „sag ihr, es ist ein großartiges Geschenk, ich könnte nicht dankbarer sein... Kann... kann ich dich wiedersehen?", stotterte er und nahm das Buch entgegen.

Jiri trat ein paar Schritte zurück und spannte seine Flügel auf. „Ich würde es mir sehr wünschen", antwortete er und flog ohne sich Ihnen noch einmal zuzuwenden, davon.

Behutsam legte Karl-Gustav die Feder in das Büchlein. Er war froh, dieses zerbrechliche und schicksalshafte Artefakt nicht mehr halten zu müssen. Helga und er standen wie angewurzelt da und warfen sich Blicke zu. Er wusste gar nicht, wie es von hier aus weiter gehen sollte. So viele unvorhersehbare Dinge waren bisher passiert, irgendwie lief gar nichts nach Plan. Seinen Schreibtisch zu Hause hatte er schon ganz vergessen, er schien ihm ein Relikt aus einer längst vergangenen Ära zu sein. Das, was hier passierte war so viel prägnanter und atemraubender.

Er steckte das Buch in die Innentasche seines Jacketts, es passte gerade so rein. Dann atmete er erstmal aus. So viele Eindrücke. Sie packten ihre Habseligkeiten zusammen und eilten auf den Vulkan zu.

„Weißt du wo die nächste Ortschaft sein könnte?", fragte Karl-Gustav.

Helga schüttelte den Kopf. „Lass es uns hinter dem Vulkan versuchen. Ich hab diese Steine so satt, es wird Zeit, dass wir auf einen anderen Weg kommen."

Mit leerem Magen, trockenem Mund und schief gelegenen Gliedern kamen sie mehr schlecht als recht voran und erreichten schließlich den schlafenden Riesen. Karl-Gustav bewunderte seine überdimensionale Gestalt, die er noch nie aus nächster Nähe gesehen hatte. Er war grau-braun-schwarz und in der Mitte größtenteils in sich zusammengefallen.

Nachdem sie ihn umrundet hatten, bot sich ihnen ein ziemlich unerwartetes Bild.

Hinter dem Vulkan setzten sich die Lavafelder noch weiter fort, dann allerdings schloss sich ein Tal an, durch das sich ein relativ breiter Fluss zog. Die andere Seite des Flusses verbarg sich merkwürdigerweise in einem dichten grauen Nebel, der nicht erkennen ließ, was sich dort befand. Und obwohl es ein sehr sonniger Tag war, ruhte auf diesem Teil des Tals diese sonderbare grau-weiße Wolke.

„Wusstest du, dass ein Fluss durch unseren Kontinent fließt?", fragte Karl-Gustav matt.

„Nein, noch nie gehört", erwiderte Helga und stellte ihre Aktentasche mit einem Seufzen ab.

„Wir müssen uns gnadenlos verlaufen haben. Wenn ich es nicht besser wüsste, würde ich denken, wir sind in einem vollkommen anderen Land, aber das kann ja nicht sein."

„Ich kann gar nicht schwimmen", murmelte Helga und setzte sich hin.

„Ich denke wir sollten flussaufwärts laufen, denn wenn wir flussabwärts gehen, kommen wir zum Meer, und da ist ganz sicher nicht Sema", überlegte Karl-Gustav und setzte sich ebenfalls.

„Ich kann nicht mehr", ächzte Helga, „wir haben vorgestern zuletzt etwas gegessen und gestern etwas getrunken. Ich kann beim besten Willen nicht mehr weiter."

„Wasser gibt es hier zumindest", meinte Karl-Gustav, während er immer noch die Umgebung taxierte. „Siehst du diese eingefallene Hütte, die am Fluss steht?", fragte er schließlich und zeigte in das Tal.

Helga suchte eine Weile die Umgebung ab.

„Wir gehen heute bis dorthin, nicht weiter", erklärte Karl-Gustav und stand auf. „Dort können wir etwas trinken und vielleicht ergibt sich auch Essen."

Schwerfällig schleppten sie sich in die Richtung. Wenigstens hatten sie irgendein vages Ziel. Vielleicht konnte er ein Feuer machen oder sowas. Nein, er konnte ganz sicher kein Feuer machen. Er konnte auch kein Essen auftreiben. Es musste trotzdem irgendwie gehen.

Bei der Hütte angekommen stellte Karl-Gustav fest, dass sie vor Jahren mal ein vollständig eingerichtetes Haus gewesen sein musste. Allerdings komplett ohne Stromanschluss. Vielleicht ein zweiter Wohnsitz von einem Schreiber, der hier seine Ruhe haben wollte. Oder von einer Hexe, die anderen hier auflauerte.

Die Wände waren windschief, das Dach löchrig, die Inneneinrichtung größtenteils verwüstet, vermodert und unbrauchbar. Für eine Nacht mussten sie sich irgendwie einrichten.

Karl-Gustav machte sich daran in einer trockenen Ecke einen Schlafplatz einzurichten. Dafür schüttelte er ein paar halbwegs brauchbar aussehende Decken aus und legte sie auf einen Stapel.

„Leg dich hier hin", sagte er zu Helga und führte sie ins Haus.

Sie tat wie geheißen und streckte sich aus. Er nahm ihre Stiefel und schnürte sie auf, zog sie vorsichtig ab.

„Ich frage mich, wo wir falsch abgebogen sind", sagte Helga müde und schloss die Augen. „Ich mache mir Vorwürfe, es ist sicherlich meine Schuld."

„Und wenn schon", er hielt immer noch ihre Füße, „wenn wir uns nicht verlaufen hätten, hätte Jiri uns sicher nie gefunden. Nur in dieser Ödnis hatte er uns erspäht."

„Ein Schritt vor, zwei zurück", murmelte Helga.

„Das ist normalerweise meine Einstellung, fang nicht auch noch damit an."

Helga lächelte zögernd.

„Ich werde uns mal Wasser holen", Karl-Gustav stand auf.

Mit dem Wasserschlauch in der Hand schlenderte er zum Fluss. Am Ufer zog er Schuhe und Socken aus, krempelte die Hose hoch. Die Sonne war noch lange nicht am Untergehen, aber trotzdem konnten sie diesen Tag nicht mehr fürs Weiterkommen nutzen. Irgendwie mussten sie sich sammeln.

Der Nebel auf der anderen Flussseite war irgendwie gespenstisch undurchdringlich. Aus der

Nähe betrachtet hatte er eine grau-violette Tönung und schien wie ein Lebewesen zu atmen, sich subtil zu bewegen. Wer starrte hier wen an. Eigentlich wollte Karl-Gustav gar nicht herausfinden, was sich dahinter verbarg. Wahrscheinlich würden sie sich darin vollends verlieren.

Das Wasser floss gemächlich dahin, sodass es fast so wirkte, als würde es sich gar nicht bewegen. Er konnte das weiche Gras an seinen Fußsohlen spüren. Der Wind berührte sein Gesicht. Er setzte den Hut ab und entledigte sich seines Jacketts. Krempelte die Ärmel des Hemds hoch.

Die Welt war mittlerweile sehr nah an ihn gerückt. Er mochte eigentlich sein distanziertes Verhältnis zu allen anderen Dingen da draußen, er brauchte nicht den direkten Kontakt. Jetzt war alles so unmittelbar, so unausweichlich. Er hatte kaum Zeit sich zu überlegen, wie er etwas konzeptionalisieren konnte und schon passierte das nächste Ereignis. Er fühlte sich überrannt und vernahm das verzweifelte Bedürfnis seines Kopfes, die Vorkommnisse im Nachhinein ordnen zu wollen, obwohl er damit schon ein paar Tage hinterher war.

Er hatte doch gerade erst sein neues Buch losgeschickt und schon hatte er ein neues, eine Art Replik darauf, in seiner Tasche. Er hatte doch gerade erst eine Auszubildende aufgenommen und schon hatte diese den schwersten Verlust ihres Lebens zu verarbeiten. Es war doch gerade erst der Strom ausgefallen und schon stand das ganze Land ohne Verbindung zur Außenwelt da.

Karl-Gustav stand auf und ließ sich vorsichtig zum Fluss hinuntergleiten. Füllte den Wasserschlauch auf. Seine Füße berührten das eiskalte Gewässer und versanken in dem schlammigen Flussbett. Er kraxelte wieder nach oben und lief etwas um das Häuschen herum. Tatsächlich, dahinter befand sich ein kleiner verwachsener Garten mit einem Apfelbaum, Brombeerbüschen und ein paar übriggebliebenen Gemüsepflanzen wie Tomate und Kürbis.

Er sammelte alles, was noch brauchbar war ein und brachte es Helga.

„Wahnsinn", sagte sie, als sie die Ausbeute sah und riss die Augen weit auf.

Schweigend bissen sie in die Äpfel und Tomaten, die natürlich teilweise schon angefault waren, aber das machte nichts.

„Hast du mal in das Buch reingeschaut, das Jiri dir gegeben hat", fragte Helga und wirkte nun viel lebendiger.

Karl-Gustav schüttelte den Kopf und kaute den doch sehr sauren Apfel. Aufnahme von festen Nahrungsmitteln war er nicht gewohnt.

„Bist du nicht furchtbar neugierig?", fragte Helga weiter.

Karl-Gustav schluckte den Nahrungsbrei runter. „Ich warte auf den richtigen Moment, auf die richtige Stimmung, möchte den Text nicht einfach so zwischendrin runterschlingen."

„Oh, okay", nickte Helga. „Ist es nicht... ist es nicht absurd, dass wir... dieses Wesen getroffen haben?"

„Ich war auch ziemlich überwältigt", bestätigte Karl-Gustav.

„Er hat dich in seinen Bann gezogen", zwinkerte Helga ihm zu und er hatte sie schon lange nicht mehr so fröhlich gesehen.

„Er ist weit weg, deswegen habe ich mich in seiner Existenz verfangen", erklärte Karl-Gustav und vermied es Helga in die Augen zu schauen.

„Damit fängt es meistens an", orakelte Helga, „ich bin fest davon überzeugt, dass von der Öffnung der Grenzen alle profitieren würden. Träume müssen nicht Träume bleiben."

Karl-Gustav wollte ihr ihre Naivität nicht ausreden, das war schon okay so. Er spürte ja auch die Sehnsucht nach Nähe und Geborgenheit, aber sie war irgendwie abgekapselt in seinem Inneren, versteinert hinter Mauern, größtenteils verstummt, da die Chance auf die Realisierung seiner Träume so gering war, dass es besser war, sie wegzuschließen. Noch mehr Enttäuschungen wollte er nicht verkraften. Helga war von solchen Vernarbungen noch weit entfernt, sie konnte noch ganz unverstellt an die Sache herangehen.

„Lass uns morgen sehr früh aufbrechen", kündigte Karl-Gustav an, „ich möchte diese Pilgerreise ein für alle Mal abschließen, noch eine Nacht hier draußen in der Wildnis schaffe ich nicht."

Sie hatten sich entschieden, flussaufwärts zu laufen, in der Hoffnung, irgendwo auf dem Weg Sema zu finden. Flussabwärts war nur das Meer und auf die andere Uferseite konnten sie nicht, da das Wasser zu tief war.

Schweigend liefen sie durch die frühe Morgendämmerung, der Nebel wirkte heute rötlich, als wollte er sie abschrecken. Karl-Gustav fragte sich erneut, was für ein Naturphänomen wohl dahinter stecken konnte. Am besten wäre es, er würde es gar nicht erst herausfinden. Vielleicht war dort das Reich der Toten oder einfach nur ein Abgrund, der auf dem direkten Weg in ein schwarzes Loch führte. Es konnte sich auf jeden Fall nichts Gutes dahinter verbergen, so viel war klar. Kein Wunder, dass der Fluss nirgends erwähnt wurde, wahrscheinlich hatte es niemand, der ihn entdeckt hatte, lebend wieder in die Zivilisation geschafft.

Der Fluss schlängelte sich zunächst zaghaft durch die Landschaft, die immer noch sehr von Steinen dominiert war. Aber dazwischen tauchten auch ein paar Weiden, Buchen und Eschen auf. Sie beugten sich oft sehr imposant über das Wasser und ließen ihre der Schwerkraft strotzenden Äste über den Fluss wachsen, aber nie bis zur anderen Seite. Auch sie fürchteten sich wohl vor dem, was da sein könnte.

Mit der Zeit wurde das Fließgewässer breiter, flacher und wilder, fächerte sich in ein kaskadenhaftes Gebilde auf, das neben ihnen schäumte, sprudelte und gurgelte.

Karl-Gustav blieb stehen, um dieses für ihn völlig unverständliche Phänomen näher zu betrachten. Jetzt konnte er verstehen, warum seine Landsleute eine ausgeprägte Wasseraversion aufwiesen. Dieses Element war unkontrolliert, nicht in Worte zu fassen, geradezu widersinnig, aber gleichzeitig schien es ihn anzulocken, das Rauschen war auch ein wahnsinniges Flüstern. Und vor Wahnsinn hatten sie alle am meisten Angst. Wenn man erstmal verrückt war und es nicht merkte, dann war man verloren. Dagegen gab es keine Behandlung, kein Medikament, kein Gegenmittel. Auf den anderen Kontinenten vielleicht schon, aber dafür waren die Schreiber zu stolz, zu selbstbezogen. Sie würden ihren mentalen Zustand niemals etwas Externem anvertrauen. Karl-Gustav wusste, dass Menschen auf anderen Kontinenten sich selbst objektifizierten und damit gleichzeitig den Weltbezug verloren, das war ihm zutiefst zuwider, so tief wollte er niemals sinken.

Das Wasser neben ihm verströmte Angst und Begehren, die Grundformen menschlicher Existenz, es zog ihn an und stieß ihn ab, das war gefährlich, es hatte das Potential alles in ihm durcheinander zu werfen. Er ging noch näher heran und verfolgte ein Blatt, welches durch diesen Wahnsinn durchgeschleudert wurde, es hielt sich überraschend tapfer und verschwand unglaublich schnell in dem Tumult.

Helga war weiter gelaufen und setzte sich auf einen Stein, stützte ihren Kopf auf die Hände und schaute nachdenklich zu ihm rüber. Plötzlich wurde sein Blick von einer Gestalt abgelenkt, die sich hinter Helga in einiger Entfernung auf sie zubewegte. Karl-Gustav zog die Augenbrauen zusammen. Der Mann trug einen halblangen, unförmigen, grauen Mantel, sein schwarzer Hut war tief in das Gesicht gezogen. Der Gang hektisch, ungeduldig, wie getrieben. Die rechte Hand in der Manteltasche verbogen. Er lief flussabwärts direkt auf sie zu und Karl-Gustav spürte uneingeschränkt Unheil aufkommen.

„Helga!", rief er.

Sie reagierte nicht. Er winkte sie hektisch zu sich her. Sie schaute ihn fragend an und drehte schließlich langsam den Kopf, folgte seinem Blick, erstarrte. Wie in Zeitlupe richtete sie sich auf, nahm die Aktentasche und stolperte zu Karl-Gustav rüber.

„Wer ist das?", keuchte sie atemlos.

„Ich hab keine Ahnung. Was sollen wir machen?", erwiderte Karl-Gustav, fasste Helga am Oberarm und zog sie hinter sich her, wieder flussabwärts.

Hektisch stürzten sie den Weg zurück, den sie gekommen waren. Karl-Gustav schaute hinter sich. Der Verfolger hatte seinen Schritt beschleunigt. Karl-

Gustav hatte das Gefühl kaum vom Fleck zu kommen, während der andere Siebenmeilenstiefel anhatte. Seine Art zu gehen kam ihm irgendwie bekannt vor, aber er konnte nicht sagen, woher.

„Wir müssen in den Nebel", stieß Helga hervor, „sonst holt er uns gleich ein."

„Ausgeschlossen", Karl-Gustav schüttelte den Kopf.

Doch Helga sprang nach vorne und suchte nach einer geeigneten Stelle.

„Hier, diese Steine", sie zeigte auf einen Haufen von runden Brocken, die ungeordnet herumlagen und von Wasser umspült wurden.

Besonders vertrauenserweckend sah das nicht aus. Karl-Gustav spürte, wie Wellen von Hitze und Kälte ihn umspülten.

„Wir können nicht...", rief er und sah, dass der andere gerade ein größeres Hindernis aus einem umgestürzten Baum überwunden hatte und immer näher kam. In wenigen Minuten konnte er sie erreichen.

Helga lief vor und zog ihn an der Hand hinterher. Schnell nahm er das Büchlein aus seiner Innentasche und steckte es sich zwischen die Zähne. Wenn er es schaffte den Kopf über Wasser zu halten sollte es trocken bleiben.

Er wusste gar nicht, wie ihm geschah, schon trat er auf den ersten Stein, der noch relativ vertrauenserweckend aussah. Sofort strömte das Wasser über seinen Stiefel und in ihm stieg die Angst hoch den festen Boden unter den Füßen zu verlieren. Er wollte nicht als Wasserleiche enden und Helga durfte es auch nicht.

Sie hüpfte leichtfüßig über die wackeligen Steine vorneweg, er hatte sie gar nicht mehr im Blick und stierte nur noch auf die kalte Flüssigkeit, die sich um ihn wandte. Mit dem nächsten Schritt war er vollständig vom Ufer abgelöst. Der Stein wackelte bedrohlich. Karl-Gustav schwankte, ruderte mit den Armen, fing sich gerade so. Nächster Schritt. Er landete knietief im Flussbett, während Helga wohl schon auf der anderen Seite angekommen war. So hoffte er jedenfalls, er konnte keinen klaren Gedanken mehr fassen.

Mit dem Mörder im Rücken merkte er, dass sein Gehirn unbedacht wurde, unvorsichtig einfach nur weg wollte und keinen vernünftigen Weg planen konnte. Der nächste Stein wackelte, kippte, Karl-Gustav fiel und wurde sofort von den Wassermassen erfasst. Helga schrie irgendwas.

Er schlug um sich, war wie gleichzeitig betäubt von der Kälte und aufgestachelt. Wurde von einer Hand gepackt, verlor diese aber. Bekam eine Wurzel in die Hand, zog sich an ihr hoch. Kein Halt unter den Füßen, verdammt. Mit dem Buch zwischen den Zähnen, der Aktentasche in der einen und der Wurzel in der anderen Hand wusste er einfach nicht, was er jetzt machen sollte, wo die Prioritäten lagen. Helga rief wieder irgendwas. Hoffentlich wurde sie nicht gerade abgestochen. Seine Sinne waren komplett überreizt, die Welt war wie ein Strudel aus Dingen, die sich um seinen Kopf drehten und die er nicht zu fassen bekam. Dann eine Hand, die seine Aktentasche nahm und ihn hochzog, aber mit zu wenig Kraft. Irgendwie fanden seine Füße Halt und er strampelte sich ab wie ein gerade geborenes Kälbchen.

Ein Blick zurück offenbarte ihm, dass der Verfolger am Flussufer angekommen war und sich daran machte, diesen zu überqueren. Karl-Gustav war nicht in der Lage, sein Gesicht zu fixieren, seine Gestalt huschte wie durch eine regenbedeckte Scheibe durch sein Gesichtsfeld.

Ohne die Aktentasche zog er sich an der steilen Uferwand hoch und hatte schließlich diese unberechenbare Naturgewalt verlassen. Blickte das erste Mal wieder in Helgas Gesicht, das wie aus einer anderen Dimension vor ihm auftauchte. Sie stürzten augenblicklich davon, tropfend.

Der Boden war viel zu weich, das war das erste, was Karl-Gustav auffiel. Mit jedem Schritt federten sie ein Stückchen, als würden sie über einen Hefezopf laufen. Karl-Gustav merkte ziemlich schnell, dass Rennen unmöglich war, sie mussten sich abstoßen und mit großen ausladenden Schritten fast hüpfen, um sich fortzubewegen.

Das zweite, was er registrierte, war, dass die Wassertröpfchen, die in der Luft standen, sehr warm waren und leicht schwefelig rochen. Das war für einen Nebel eher ungewöhnlich und ergab ein sehr merkwürdiges Klima. Wenigstens mussten sie dann in ihrer nassen Kleidung nicht so frieren.

Was vor ihnen war, unter oder hinter ihnen, das konnten sie nicht sehen. Noch von der Panik angetrieben hetzten sie so gut es eben ging durch dieses neue Gelände ins Ungewisse.

„Ich kann überhaupt nichts erkennen", Karl-Gustav hielt an und blickte verzweifelt in alle Richtungen.

Helga konnte er noch sehen, aber alles, was mehr als einen halben Meter weg war, wurde von der seltsamen Atmosphäre überdeckt, die jetzt irgendwie so einen Grünstich hatte. Sie wussten nicht, wohin sie rannten, vielleicht immer im Kreis herum, es gab absolut keinen einzigen Orientierungspunkt mehr. Keinen Himmel, keinen Horizont, keine Landschaft, keinen Weg. Das schnürte Karl-Gustav die Kehle zu, er hatte das beängstigende Gefühl, nicht mehr atmen zu können, nicht mehr am Leben zu sein.

„Hier beginnt das Moor", sagte Helga und ihre Stimme klang viel zu laut.

Karl-Gustav legte den Finger auf die Lippen.

„Glaubst du, er ist noch hinter uns her?", flüsterte sie jetzt.

„Ich weiß es nicht", erwiderte er, „ich weiß gar nichts mehr", angestrengt schaute er umher, als würde gleich ein Messer aus den Schwaden auftauchen, doch der Verdacht bestätigte sich nicht.

„Wenn wir noch weiter in das Moor hineinlaufen, finden wir vielleicht wirklich nicht mehr raus", flüsterte Helga und hielt sich ganz dicht an ihn. „Es kann sein, dass es sich über Hunderte von Kilometern erstreckt."

„Meinst du wirklich?"

„Ich habe so etwas gehört, aber sicher weiß ich es nicht."

„Den Rückweg finden wir auch nicht mehr", wisperte Karl-Gustav.

Verdammt, dieser Nebel war der reinste Trickster. Er verschluckte alles. Kein noch so winziges Geräusch war zu hören, kein Knistern, kein Rascheln, kein Zwitschern, kein Rauschen. Das konnte nicht sein, das war einfach nicht auszuhalten. Karl-Gustav glaubte die Welt zu verlieren.

Er fing an, am ganzen Körper zu zittern, Kälteschauer jagten über seine Haut rauf und runter, ein entsetzliches unkontrolliertes Schlottern erfasste ihn. Er hörte das Flüstern, das Zähneklappern, das Rauschen in seinen Ohren.

Helga deutete ihm sich zu setzen. An Ort und Stelle, auch wenn es wieder pfützig war – verdammtes Wasser – gingen sie nieder und lehnten sich aneinander. Die Wasseransammlungen am Boden waren jetzt sehr warm und… mussten mit noch etwas anderem angereichert sein, mit Salzen oder sowas, er vermutete es zumindest.

Das Grün nahm einen immer dunkleren Ton an, es war wohl die Abenddämmerung, auch wenn Karl-Gustav das Gefühl hatte gerade eben noch am Fluss gestanden zu haben. Wie viele Stunden waren sie unterwegs? Dieser Nebel verschluckte wohl nicht nur Orte, sondern auch Zeiten.

Zitternd griff er sich an den Hut, unter dem er das Büchlein geparkt hatte, weil es der einzig trockene Ort war. Es war noch da. In seine Aktentasche wollte er heute nicht reinschauen, da schwammen bestimmt Flohkrebse drin.

„Das Leben ist so eine jämmerliche Veranstaltung", seufzte Karl-Gustav und klapperte vor sich hin, „ich hab einfach keine Lust mehr auf diese ganzen Probleme. Was machen wir hier eigentlich?"

„Sieh es einfach als eine neue Art von Fragilität, das wird der Stoff für dein nächstes Buch", murmelte Helga und rollte sich zusammen.

Karl-Gustav musste länger über ihre Worte nachdenken. Nein, natürlich wollte er darüber kein neues Buch schreiben, er schrieb nie über seine Erlebnisse, auch war keine Autobiographie in Planung. Aber die verzweifelten Zuckungen seines Körpers, diese blinde Landschaft, das Wasser…

„Neofragilität…", stotterte er, „ich weiß noch nicht, was das ist, aber es ist ein neues Konzept. Bisher habe ich den menschlichen Zerfall als etwas begriffen, das ein notwendiger Bestandteil unserer Existenz ist. Den Zerfall kann es nur geben, wenn es auch ein Ganzes gibt. Und umgekehrt. Aber jetzt sehe ich… noch schwerwiegender als der Zerfall ist der Stillstand, die Erstarrung, die Versteinerung. Sie tritt ein, wenn das Zerfallen, das Schreien und der Kampf zurückgelassen wurden, wenn kein Kontakt mehr möglich ist. Kein Kontakt… keine Resonanz, keine Narrationen. Das ist Neofragilität…"

Helga schlief wohl irgendwann ein. Karl-Gustav rückte nah an sie heran, um möglichst schnell mitzubekommen, wenn irgendjemand sie erstechen wollte. Durch das dunkle Grün um ihn herum war nun Schwarz geflossen, wie auf einem Aquarellbild, langsam sickerte es bis nach ganz unten und bedeckte alles.

Sein Kopf musste ihm wohl einen Streich gespielt haben, denn immer wieder stieg aus der Dunkelheit ein Murmeln, ein Tuscheln hervor. Manche der Stimmen kamen ihm bekannt vor, Svetlana, Wilhelm, andere mischten sich drunter, die ihm völlig fremd waren, teils in verschiedenen Sprachen. Er dachte an die Menschen, die er im letzten Dorf getroffen hatte, an Konstantin, an die Bewohner auf den anderen Kontinenten, an Jiri und Naj. Wie sie alle getrennt und doch verbunden waren. Durch merkwürdige Zufälle des Schicksals. Helga hatte ihn doch mit dieser Idee der Verbundenheit infiziert, seine Gedanken infiltriert. Er konnte nicht anders als hier in der Leere an sie alle zu denken und ihren einsamen Kampf zu spüren, sei es gegen sich selbst, gegen vermeintliche Feinde, gegen die Welt als Ganzes oder gegen die Vergangenheit, die Strukturen, gegen Ideologien oder das Sein…

Ihr Flüstern wurde zu einem Rauschen und Fließen, alles fing an zu schwanken. Er glaubte, sich auf einem Meer, einem unterirdischen Ozean, zu befinden, es schaukelte wellenartig und der feste Boden unter den Füßen hatte sich aufgelöst. Dabei war er natürlich noch nie im oder am Meer gewesen, er hatte es auch nicht vor. Schon allein die Erinnerung an den Fluss löste Todesängste in ihm aus.

Jetzt schwappte er durch eine schwarze Flüssigkeit, sodass ihm schlecht wurde. Er versuchte sie mit der Hand zu berühren. Ein Schauer von zahlreichen sich überlagernden Empfindungen durchströmte ihn, dieses Meer fühlte sich an wie eine Mischung aus Blut, schwarzer Materie, Angstschweiß, flüssigem Asphalt und verendetem Tier. Eine Art Urschleim. Mit einem Mal wurde diese Masse dickflüssiger, fester, schaumartig, die wellenartigen Bewegungen weniger.

An den Händen spürte er, dass das Zeug nun weich und faserig wurde. Es ließ sich leicht durch die Finger drücken wie ein Teig, klebte aber nicht. Karl-Gustav fuhr seine Hände immer wieder hindurch, das Material wurde noch fester und leicht holzig. Er befand sich auch nicht mehr mittendrin, sondern stand wieder auf einem Boden. Abrupt drehte er sich um und schlagartig wurde es hell um ihn herum.

Das Licht blendete seine Augen, sodass er sie zusammenkniff und sich krümmte. Als er sie wieder öffnete, spürte er, dass die Umgebung sich im Vergleich zu gestern grundlegend geändert hatte. Der Nebel war komplett verschwunden. Er richtete sich nun wieder auf und nahm seine verschmierte Brille ab, wischte sie kurz ab und setzte sie wieder auf.

Überall waren diese... was war das... jetzt sah er um sich herum... dort oben... überall um ihn herum waren diese mannshohen und haushohen Gebilde aus dem Boden geschossen. Sie waren braun, grau, rötlich, weiß. Ihre Formen waren nicht zu konzeptionalisieren, manche waren wie ein wirres Geschnörkel, andere hatten eine dicke klumpige Form oder wiesen eine windschiefe Haube auf, die auf zu dünnen Stelzen stand.

Karl-Gustav wusste nicht, in welche Richtung er zuerst schauen sollte. Sein Blick blieb schließlich an einem Bündel hängen, das auf dem Boden lag. Sofort stürzte er hin. Das musste Helga sein. Der Gedanke, dass sie tot war, schoss durch seinen Kopf. Weil er nicht aufgepasst hatte.

Als er die am Boden liegende Person berührte, regte sie sich und richtete sich auf.

„Guten Morgen", sagte Helga und gähnte. „Warum schaust du mich so an? Meine Güte... was ist das?"

„Ich weiß nicht", sagte Karl-Gustav langsam.

„Ist das real?", Helga richtete sich auf.

„Das habe ich mich auch schon gefragt. Hatte schon Angst, verrückt zu werden."

„In den heißen Quellen der Moore steigen mitunter giftige Gase auf, die die Wahrnehmung verändern können", sagte Helga und lief zu einem der Gewächse.

„Also bilden wir uns das gerade ein?", fragte Karl-Gustav alarmiert.

„Ich weiß es nicht, welchen Unterschied macht es?", sie berührte den Stamm und strich mit den Fingern drüber, lief zu einem anderen Exemplar.

Mit einem saftigen Knacken brach sie ein Stück von einem hellbraunen, weit verzweigten Gebilde ab und untersuchte es. Karl-Gustav trat näher und schaute ihr über die Schulter.

„Ich weiß nicht, ob es eine Pflanze oder etwas anderes ist", überlegte Helga. „Es ist faserig und leicht holzig."

„Sieh nur, die Schnittfläche verfärbt sich dunkelblau", sagte Karl-Gustav und starrte fasziniert auf das ungewöhnliche Phänomen.

Helga fuhr mit dem Finger über die Fläche, sodass sich kleine Krümel lösten und herunterrieselten. Schließlich hielt sie es sich an die Nase.

„Es riecht würzig, gleichzeitig auch fruchtig, sehr verlockend", schwärmte sie und biss hinein.

„Du kannst doch nicht...", empörte Karl-Gustav sich und packte sie an der Schulter, drehte sie zu sich um. „Es könnte hochgiftig sein!"

„Köstlich", erwiderte Helga und nahm noch ein paar Bissen. „Ist nicht giftig", sie winkte ab. „Was ist eigentlich unser Plan, was machen wir jetzt?"

Karl-Gustav sackte in sich zusammen und setzte sich auf den Boden. Seine Schuhe und die Kleidung waren immer noch komplett durchnässt, sein Kopf schmerzte. Seine Körpermitte war irgendwie gefühllos geworden, er wusste nicht genau, was da passiert war. Er nahm den Hut ab und legte das Buch hinein. Das Zusammentreffen mit Jiri schien in einer komplett anderen Zeitdimension stattgefunden zu haben. Bestimmt hätte Jiri ihm nicht die Feder und das Buch mitgegeben, wenn er gewusst hätte, was für ein orientierungsloses, wehrloses und kraftloses Wesen er war, wie sehr er mit einer simplen Mission – von Punkt A nach Punkt B zu kommen – scheitern würde.

Er öffnete die Aktentasche, die arg mitgenommen aussah. Kippte den Inhalt samt Wasser aus und sortierte die wenigen Dinge, die sich darin befanden. Äpfel, Birnen, Tomaten und Wasserschlauch waren unbeschadet getaucht, die Papiere der Leute aus dem Dorf dagegen nicht, aber er wollte sie auch nicht wegwerfen. Ein Bleistift und das Anspitzmesser konnten noch benutzt werden, ein Taschentuch hatte seinen Zweck irgendwie verpasst, ein Brillenetui mit Ersatzbrille hatte sich ganz gut gehalten, ein kleiner Notizblock war hinüber, ein alter Schlüssel hatte keinen Zweck, von Anfang an nicht.

Nachdem die Tasche sich des Wassers entledigt hatte, räumte er sie wieder ein. Das kleine Büchlein behielt er in der Hand und drehte es hin und her. Es war klein, kompakt und fühlte sich dicht beschrieben an. Mit der Hand beschriebene Objekte übten einen unfassbaren Sog auf ihn aus. Jedes Wort, jeder Buchstabe war ein Unikat, ein Rohdiamant, der noch nicht bearbeitet wurde, eine ungeformte Naturgewalt, wie man sie nur selten zu Gesicht bekam. Natürlich auch unsortiert und stellenweise auch nicht plausibel. Aber dafür blitzten zwischen den Zeilen auch Schätze auf, die sonst der Überarbeitung zu Opfer gefallen wären.

Natürlich war jetzt nicht die Zeit, dieses Buch zu lesen. Auch wenn er es gerne aufgeschlagen hätte. Um zu schauen, welchen Stift sie benutzt hatte. Wie sah ihre Handschrift aus? Nur für einen kurzen Moment, für ein paar wenige Seiten. Um einen ersten Eindruck zu bekommen. Er seufzte und legte es wieder in seinen Hut.

Wo war Helga? Er konnte sie nicht sehen. Er stand auf. War sie von dem merkwürdigen Essen tot umgefallen?

„Ich sehe Sema", hörte er plötzlich ihre Stimme und schaute nach oben.

Erst jetzt merkte er, wie stark die Sonne schien, sie blendete ihn und er lief ein paar Schritte, um sie nicht direkt in seinen Augen zu haben.

„Einen Tagesmarsch denke ich brauchen wir noch", fuhr Helga fort und Karl-Gustav sah, dass sie auf eines der besonders hohen Gebilde geklettert war und in die Ferne schaute.

Sie sah aus, als wäre sie der Kapitän von einem surrealen Schiff, welches sich durch das Moor bewegte. Das Gewächs, auf das sie geklettert war, hatte dutzende Tentakel, die Grundfarbe war braun mit roten Streifen. Es wackelte immer wie aus Gummi, wenn Helga sich oben bewegte. Am ehesten sah es aus wie eine überdimensionale Koralle.

„Das wird dir nicht gefallen", rief Helga wieder.

„Was?", fragte Karl-Gustav und senkte seinen Blick wieder, sein Nacken beschwerte sich.

„Der Weg dorthin ist extrem matschig, aber ich denke wir haben keine andere Wahl."

„Was macht dich so sicher, dass es Sema ist?"

„Es sind mehr als drei Häuser, manche von ihnen sind mehrstöckig."

„Wenn du recht hättest wäre das sensationell", sagte Karl-Gustav so halb überzeugt.

Glauben würde er das alles erst, wenn er vor dem alten Rathaus stehen würde. Es war nicht das erste Mal, dass sie dachten, sie befänden sich auf dem richtigen Weg.

„Was kannst du sonst noch aus deinem Krähennest sehen? Insbesondere Verfolger und sowas? Feindliche Schiffe?", rief Karl-Gustav hoch und setzte sich unter die Koralle.

„Der Himmel ist wolkenlos", legte sie los, „es weht ein leichter Wind von Nordost, Temperatur ca. 16 Grad, Luftfeuchtigkeit sehr hoch. Wir befinden uns mitten auf dem offenen Meer, weit weg vom Heimathafen. Nachdem wir unseren Kurs kurzzeitig verloren haben und auch noch von Feinden verfolgt wurden, sind wir nun auf unbekannten Gewässern, die jedoch vielversprechend sind. Statt Seeungeheuern und schlitzohrigen Piraten dürfen wir uns an den süßen Früchten eines exotischen Treibguts erfreuen, welch eine Wonne. Unser Kurs ist nun gesetzt auf das sagenumwobene Sema, welches sich – wenn es keine Fata Morgana ist – am Horizont abzeichnet. Bis dahin gilt es ein nicht gefährliches, aber doch seichtes und ungewohntes Gewässer zu überqueren. Ich setze die Segel, es kann losgehen."

„Ich hasse alles, was mit Wasser zu tun hat, wusstest du das?", seufzte Karl-Gustav.

„Oh wunderbar", Helga begab sich wieder nach unten, flink wie ein Eichhörnchen hangelte sie sich von dem abstrakten Kunstwerk runter, „dann wird es Zeit, diese Aversion zu überwinden. Merkst du nicht, dass das Schicksal dich auf einen Weg lenken will, bei dem du dir am Ende nichts sehnlicher wünschst, als auf dem offenen Meer unterwegs zu sein? Das Wasser ruft dich, ich kann es ganz deutlich hören."

„Sicher?", fragte Karl-Gustav und hob die rechte Augenbraue.

Merkwürdigerweise fand er das gar nicht so abwegig.

„Na klar", rief Helga und schnappte sich ihre Aktentasche. „Da geht's lang", sie zog ihn hoch und sie schlenderten los.

Angespornt durch die Vorstellung, ihrem Ziel immer näher zu kommen, schlugen sie sich durch feuchte Wiesen und hunderte von warmen und leicht brodelnden Wasserlöchern, in denen sie manchmal hüfttief versanken. Die kondensierten Nebel-Gewächse spendeten ihnen Schatten, Nahrung und waren wichtige Aussichtsplattformen.

Die ganze Gegend steckte voller unerwarteter Pflanzen. Sie stöberten wunderschöne Blumen in weiß, violett und gelb auf, Gräser in hellgrün und dunkelrot, Flechten und Moose in dunklem, fast schwarzem Grün und dann wieder in leuchtendem Orange.

Irgendwann kümmerte Karl-Gustav sich auch nicht mehr um den Zustand seiner Kleidung. Als sie unfreiwillig einen kleinen Abhang hinunterkugelten, der dann doch rutschiger war als gedacht, konnten sie sich vor Lachen nicht mehr halten. Karl-Gustav spürte wie eine Leichtigkeit ihn erfasst hatte. Für einen Moment lag alles Schwere irgendwie weit hinter ihnen, all die Grübeleien über Stromausfälle, Federn und Mörder. Diese Sachen kamen ihm mit einem Mal so klein und unbedeutend vor, so aufgebauscht und ins Groteske verzerrt. Karl-Gustav nahm sich vor, den Moormatsch fest in seiner Erinnerung zu behalten als Lesezeichen, dass das Leben auch immer nochmal ganz anders sein konnte.

Bevor ihre Füße wieder festen Boden betraten, atmete Karl-Gustav tief durch. Drehte sich noch einmal um und betrachtete den Weg, den sie zurückgelegt hatten. Er konnte nicht glauben, dass sie da durch gegangen waren. Die Konturen der sonderbaren Gebilde flimmerten in der Abendsonne, doch von unten, aus den feuchten Wiesen, schienen bereits weitere Dämpfe aufzusteigen, ihre rötlichen Tröpfchen umschwirrten schon die Gräser, Blumen und die undefinierbaren Artefakte. Langsam umhüllten sie wieder alles und verbargen die Geschehnisse in diesem Biotop.

Die Landschaft hatte ihn verändert und er hatte sie verändert, eine Resonanzbeziehung, die er auf diese Weise selten erfahren hatte. Er presste die Lippen fest aufeinander und kniff die Augen zusammen. Er musste diese Bilder mitnehmen, sie Teil von ihm werden lassen. Das erste Mal seit Langem hatte er so etwas wie Hoffnung und Zuversicht. In Bezug auf was wusste er nicht, es war einfach so ein Gefühl, das sich in seinem Inneren eingestellt hatte.

„Verbundenheit bedeutet nicht nur zwischen den Menschen oder zur Außenwelt, sondern vor allem zur Welt, die permanent durch uns hindurchfließt", murmelte er und drehte sich um.

„Was?", fragte Helga.

„Nur so ein paar Gedanken", erwiderte Karl-Gustav.

Sie betraten den Schotterweg, der nach Sema führte. Die schnöde Zivilisation wieder annehmen. Die Regeln und Verhaltensvorschriften, die Normen und Traditionen. Er hatte nichts gegen diese Dinge, aber etwas hatte sich verändert. Es war nicht mehr so wichtig wie vorher.

Helga sah aus als hätte sie zwei Wochen in Schlamm gebadet. Bei ihm war es sicher nicht anders. Und so setzten sie die Füße auf den ersten Pflasterstein von Sema. Immerhin wurde es jetzt immer dunkler, sodass ihr Verschmutzungsgrad aus der Entfernung nicht zu genau bestimmt werden konnte.

Am Stadtrand waren die Häuser noch kleiner, gemütlicher, ländlicher, so wie auf den Dörfern, die sie gesehen hatten. Doch nach und nach änderte sich das Bild, die Häuser bekamen mehr Stockwerke, standen dichter beieinander, waren aber auch gepflegter und stabiler.

Semas Straßenstruktur war sternförmig angeordnet. Karl-Gustav war schon ein paar Mal hier gewesen, das letzte Mal, als er sich von Georg getrennt hatte. Auch damals war er auf den dunklen Pflastersteinen gelaufen, die es außer in Sema sonst nirgendwo gab. Sie verliehen der Stadt einen gehobenen Charme, auch die Bewohner waren anders als auf dem Land. Natürlich hielten sie sich für etwas Besseres im Gegensatz zu den Dörflern, die als

Eremiten lebten. Jedenfalls war das seine Erfahrung und er mied die Semaer wo es nur ging.

Auch jetzt, wo sie durch die menschenleeren Gassen schlurften und sicherlich eine Lehmspur hinterließen, schien er ihre Gedanken zu hören.

„Wer wagt es in unsere saubere Stadt zu kommen und den ganzen Dreck herein zu schleppen."

„Was macht dieser halbseidene Philosoph hier, er soll sich in seinem Bergdorf verkriechen und die Klappe halten."

„Dieser Typ, der nicht einmal eine einfache Karte lesen kann, schleicht sich hier rein und hält sich bestimmt auch noch für den Heiland…"

Dann dachte er an die heißen Quellen, das ungelesene Buch in seiner mittlerweile getrockneten Jacketttasche und Helga, ohne die er diese ganze Reise nie im Leben unternommen hätte.

„Ein Mädchen aus meiner Schreibgruppe, Esther, wohnt hier irgendwo", sagte sie, als sie ihren Kopf zu allen Seiten streckte und die teilweise hochwertigen Häuserfassaden bewunderte.

„Ich denke, wir gehen erstmal zum Rathaus und schauen dann weiter", erwiderte Karl-Gustav. „Ich will nach der langen Reise auf jeden Fall sehen, ob da jemand ist."

Es war auch nicht mehr weit, schon standen sie auf dem Marktplatz. Ein paar Leute mit tief ins Gesicht gezogenen Hüten eilten an ihnen vorbei, ohne sie zu beachten. In dessen Mitte befand sich das sagenumwobene Sandstein-Gebäude. Es bestand aus zwei soliden Stockwerken und einem Türmchen oben auf dem Dach, welches sehr ungewöhnlich war. Die dunkelbraunen Dachziegel hatten schon ein paar Lücken, aber ansonsten war es ganz gut in Schuss.

Vor über hundert Jahren hatte hier zuletzt ein demokratisch gewähltes Oberhaupt residiert. Vorher gab es natürlich ein ständisch-monarchisches politisches System, in der Zeit war irgendwann dieses Verwaltungsgebäude entstanden. Aber nachdem die Demokratie zugunsten der Selbstorganisation abgeschafft worden war, wurde es nicht mehr benutzt.

Karl-Gustav fragte sich, was da drin sein mochte und wo der Gründertext aufbewahrt wurde. Er zögerte reinzugehen.

„Meinst du, die anderen sich schon da?", fragte Helga.

„Vielleicht nicht mehr, wir waren ziemlich lange unterwegs", überlegte Karl-Gustav und trat widerwillig ein paar Schritte auf das Gebäude zu.

„Schau uns an", Helga hielt ihn zurück. „So können wir doch niemandem unter die Augen treten, man wird uns nicht ernst nehmen. Wir müssen unsere Kleidung wechseln, duschen, die Schuhe putzen."

Sie musterten sich gegenseitig. Karl-Gustav versuchte ein Stück getrockneten Schlamm aus Helgas

Augenbraue herauszulösen. Sie fing an zu kichern und auch er konnte nicht anders, als mit einzustimmen. Als eine dieser flüchtigen Gestalten an ihnen vorbeihuschte, wurde er wieder ernst.

„Ich gehe auf keinen Fall zu einem von diesen eingebildeten Städtern und bettle um saubere Kleidung, das geht gar nicht", erklärte Karl-Gustav.

„Dann müssen wir wohl umkehren", entgegnete Helga todernst.

Karl-Gustav wurde wieder von diesem Lachen erfasst, er wusste gar nicht, warum.

„Du weißt, was das heißt", rief Helga jetzt aus, „halluzinogene Pilze, Serienmörder, reißende Ströme, Durst und Hunger, willst du das alles nochmal erleben?"

Sie kicherten vor sich hin wischten sich die Tränen aus dem Gesicht.

„Komm", sagte er schließlich, „wir gehen jetzt rein, sonst erleide ich noch einen Zusammenbruch."

Er schob die schwere Holztür mit seinem ganzen Gewicht auf und sie traten in die Dunkelheit. Sofort drang ein modriger Geruch in seine Nase.

„Warst du schon mal hier drin?", fragte Helga ehrfürchtig.

„Nein, warum auch", Karl-Gustav tastete nach einem Lichtschalter und fand auch etwas, aber es gab wohl keinen Strom.

„Moment", Helga kramte in ihrer Aktentasche, holte eine kleine Taschenlampe hervor.

„So etwas hast du?", fragte er.

„Bei Stromausfällen ist das immer praktisch."

„Warum hast du mir nicht in diesem schaurigen Moor etwas davon gesagt, da hätte ich etwas Licht gebrauchen können."

„Hast nicht gefragt", Helga lief vor und leuchtete durch einen langen Korridor.

Karl-Gustav hatte Mühe hinterherzukommen. Es sah nicht so aus, als wäre hier irgendwo jemand. Stattdessen waren jede Ecke und jedes Zimmer, in das sie leuchteten mit nicht mehr benutzten Möbeln vollgestellt. Vielleicht war das Ganze nur ein schlechter Scherz gewesen, sie hatten ihn unter Vortäuschung einer unglaublichen Geschichte hierhergelockt und er war drauf reingefallen. Und jetzt war hier nichts und niemand, nur ein verstaubtes Haus voller Schrott.

„Woher kommen all diese Dinge?", fragte Helga und er folgte dem Lichtschein ihrer Taschenlampe.

Der Lichtkegel wanderte über alte Einrichtungsgegenstände, eingerollte Teppiche, Kisten mit Geschirr, riesige Portraits, alte Schreibmaschinen, Vasen, Bücherstapel, Kleidersäcke und so weiter.

„Warum?", fragte Helga erneut. „Wieso lassen sie das alles nicht von den Drohnen abholen, so wie die anderen?"

Karl-Gustav stellte sich neben sie und zuckte mit den Schultern. „Das Gebäude wird nicht genutzt und wahrscheinlich hat einer damit angefangen, wollte nur mal kurz was unterstellen und die anderen haben es ihm nachgemacht, so kam eins zu anderen. So ist eine einzigartige Installation über das Leben auf unserem Kontinent entstanden."

Er ließ sich in einen Sessel mit Blumenmuster fallen und stützte die Füße auf einer Kiste mit alten Tapeten ab. Irgendwie war die Luft raus für heute. Er hatte sich alle möglichen Gedanken darüber gemacht, was sie hier erwarten würde, aber damit hatte er nicht gerechnet. In einer Rumpelkammer zu landen und keine Spur von den anderen, das war schon sehr enttäuschend.

„Gehört der betrunkene Philosoph zu eurer Truppe?", hörte Karl-Gustav eine donnernde Stimme.

Es war wieder hell geworden und vor ihm stand ein kräftiger Mann mit dicker Jacke, halbhohen Stiefeln und Strickmütze auf dem Kopf.

Karl-Gustav richtete sich auf und hatte Mühe, seine Augen an das hereinströmende Sonnenlicht zu gewöhnen. Er schirmte seine Augen mit der Hand ab und versuchte das Gesicht des Gegenübers zu fokussieren.

„Wir sind keine Truppe", antwortete er schließlich und fragte sich, ob diese Antwort Sinn machte.

Zugleich schaute er sich in dem Zimmer um. Bei Tageslicht, welches durch die hoffnungslos verstaubten und verschmierten Fenster hereinbrach, wirkte es immer noch sehr anachronistisch. Einer der ausrangierten Schreibtische war mindestens fünfzig Jahre alt. Der daran angelehnte Rechen zeugte davon, dass jemand der Gartenarbeit abgeschworen hatte. Beide verband eine aufgeschlagene vergilbte Zeitung, so als ob der Leser nur für eine Minute weg wäre.

„Streuner wie ihr seid in Sema nicht willkommen", brummte der bärtige Kerl und stemmte seine Arme in die Hüften. „Seht zu, dass ihr wieder abhaut und nehmt eure Freunde gleich mit."

„Wir sind gekommen, um die Verbindung zwischen unserem Kontinent und dem Rest der Welt…", setzte Helga an, die jetzt reinkam.

„So ein Schmarrn", unterbrach der Semaer sie und winkte ab. „Es gibt diesen Gründertext nicht, von dem ihr faselt, und wenn es ihn doch gäbe, bräuchten wir ihn nicht. Wir brauchen eine fest installierte Möglichkeit des Warenaustauschs."

„Aber die Software…", stammelte Helga und blickte verunsichert zwischen dem Mann und Karl-Gustav hin und her.

„Genug!", rief der Fremde und drehte sich um. „Geh nach Hause Kleine und such dir einen besseren Anleiter als den da."

Karl-Gustav verdrehte die Augen und stand langsam auf.

„Du hattest recht, uns nimmt keiner ernst, solange wir rumlaufen als wären wir aus der Kanalisation gekrochen", steckte er Helga zu und machte sich daran, dem Mann zu folgen. „Der Betrunkene, das könnte Wilhelm sein, wo ist er?", rief er in den Gang, doch es war schon keiner mehr da.

Schnellen Schrittes eilte er zur Eingangstür und schob diese auf. Wurde von dem gleißenden Sonnenlicht geblendet. Heute hatte er es nicht so mit dem Himmelsobjekt. Dabei registrierte er die zwei Stufen vor sich zu spät und stolperte ungelenk darüber, landete schmerzhaft auf den Knien und stützte sich mit den Händen ab. Der Mann war auf jeden Fall schon weg.

„Karl-Gustav", sagte eine freundliche Frauenstimme.

Über den Platz kam eine hochgewachsene, schlanke Frau in Hosenanzug, Weste und Jackett.

„Svetlana", erwiderte er und stand wieder auf.

Klopfte sich reflexhaft den Staub von der Hose und merkte, dass das eigentlich sinnlos war, weil da noch jede Menge alter Schlamm dranklebte.

„Bist du etwa durch die Moore gewandert? Meine Güte, Karl-Gustav, wieso hast du denn nicht den anderen, kürzeren Weg genommen?", sie verschränkte ihre schmalen Arme und zog die Augenbrauen hoch.

Er schaute in ihr spitzes Gesicht, sie hatte schon immer eine überhebliche Art gehabt, aber in diesem Moment schien dieser Charakterzug überhandgenommen zu haben. Er hatte an ihr gemocht, dass sie zu ungewohntem, sperrigem Denken fähig war, doch jetzt war er sich nicht sicher, ob sie dabei nicht zu viel Empathie verloren hatte.

„Der Typ vorhin… was redete er da von einer neuen Möglichkeit des Warenaustauschs?", sagte Karl-Gustav und blickte über den Platz.

„Ach, vergiss den", winkte Svetlana leichtfertig ab, „das sind diese Naturwissenschaftler, Techniker, die glauben alles mit ein paar mathematischen

Formeln lösen zu können. Lass dich nicht von denen verunsichern. Oder willst du eine Brücke bauen?", sie schmunzelte.

Karl-Gustav verdrehte die Augen, er war genervt von diesen spöttischen Bemerkungen und hätte sie am liebsten einfach stehen gelassen.

„Vielleicht ist es tatsächlich die bessere, stabilere und zukunftsträchtige Lösung…", setzte Karl-Gustav an.

„Das glaubst du doch wohl nicht im Ernst?", sie lächelte und lief ein paar Schritte auf und ab. „Haben sie dich auch schon mit ihrer Propaganda infiltriert? Karl-Gustav, wir leben in schwierigen Zeiten, du musst aufpassen, auf welche Seite du dich schlägst…"

Ihr Satz wurde von einem Schrei durchschnitten.

„Das ist Helga", rief Karl-Gustav und stürmte in das Rathaus.

Atemlos eilte er durch die langen Flure, vor seinem geistigen Auge die blutüberströmte Helga mit einem Messer im Rücken. Doch sie rannte ihm schon entgegen, ohne spitze Gegenstände im Körper.

„Was ist passiert?", keuchte er und sie fielen sich in die Arme.

Er konnte gar nicht sagen, ob sie sich mehr an ihn oder er an sie klammerte. In diesem Moment wollte er nur weg aus Sema, dieser stupiden Stadt, die ihn jetzt schon so viel Kraft gekostet hatte.

„Ich dachte…", Helga atmete schwer, „…du wärst das… du wärst zurückgekommen. Ich hörte deine Schritte, drehte mich um. Ich muss ihn wohl überrascht haben, er ist wie ein Schatten vorbeigehuscht."

„Konntest du erkennen, wer…", stammelte er.

Helga schüttelte den Kopf und fing an zu weinen.

„Es tut mir leid", sagte jemand hinter ihnen und Karl-Gustav hob den Kopf. „Ich wollte Helga nicht erschrecken."

Georg stand vor ihnen und legte seinen Kopf schief.

„Ich habe euch gesucht und muss wohl Helga überrascht haben, es war nicht meine Absicht", sagte er und strich sich eine Strähne aus der Stirn.

Karl-Gustav senkte den Blick wieder. Er wusste nicht, was er dazu sagen sollte.

„Meine Güte, was soll denn diese Hysterie", Svetlana kam ebenfalls dazu.

Karl-Gustav merkte, wie sich seine Gedärme immer mehr unwohl fühlten, eine unangenehme Situation reihte sich an die nächste. Diese Menschen, den er eigentlich so nah gestanden hatte, waren nur noch merkwürdige Figuren und er deplatziert mit zu viel Dreck im Gesicht.

„Lasst uns auf das Wesentliche konzentrieren", fuhr Svetlana fort und überbrückte die unangenehme Stille, die sich ausgebreitet hatte. „Der gute alte Gründertext…"

„Glaubt ihr ernsthaft inmitten dieses ganzen Schrotts findet sich dieses Phantom, welches, wenn überhaupt, ausschließlich einen sentimentalen Wert für betagte Philosophen hat", zischte Karl-Gustav und stand wieder auf, nahm Helga an die Hand.

„Deine Zweifel in Ehren", erwiderte Svetlana mit ernstem Gesichtsausdruck, „aber du bist dir schon im Klaren, dass es ein konstitutives Schriftstück ist, es begründet unsere Gemeinschaft…"

„Es ist eine leere Formel", unterbrach Karl-Gustav sie, „die sich noch nicht materialisiert hat."

„Ich habe das Dokument", schaltete Georg sich ein.

Karl-Gustav sah, dass er ein Holzkästchen unter dem Arm hielt. Auch Svetlanas Augen begannen zu leuchten.

„Wunderbar", hauchte sie und trat an Georg heran. „Darf ich mal", sie streckte die Hand aus.

„Lass uns warten, bis alle da sind", erwiderte dieser mit ausdruckslosem Gesicht.

„Warum denn das?", rief Svetlana aus und Karl-Gustav nutzte die Gelegenheit, um sich zurückzuziehen.

Er lief mit Helga ein paar Schritte hinter einen ausrangierten Kühlschrank.

„Glaubst du es könnte Georg sein?", flüsterte er Helga zu.

„Ich weiß es nicht, der Typ am Fluss hatte einen anderen Hut auf, oder? Du hast ihn doch auch gesehen?", entgegnete Helga.

„Meine Erinnerung ist so verschwommen…", murmelte Karl-Gustav.

„Ach, es ist alles nur meine Schuld", schluchzte Helga und schlug sich die Hände vor das Gesicht, „wir hätten niemals den Versuch starten sollen, den Kontinent zu öffnet, Verbindungen herzustellen, die Gesellschaft zu verändern, dann wären Konstantin und Ilse noch am Leben. Ich trage eine Mitschuld an ihrem Tod…"

„Hör auf damit, das ist doch bloß dein kindliches Denken, welches versucht eine Person zu benennen, die verantwortlich ist, selbst wenn du es selbst bist. Um der Situation Herr zu werden, verstehst du?"

„Okay, okay", Helga schniefte. „Ich… weißt du… ich würde gerne Esther besuchen, sie gehört ja auch zu unserer Gruppe, meinst du, das könnten wir machen?"

„Natürlich, das ist vielleicht gar keine so schlechte Idee, ich halte es in diesem Gebäude keine Minute länger aus", seufzte Karl-Gustav.

Er wollte sich gerade in den Flur begeben, da stand Svetlana wieder vor ihm.

„Was ist mit dir los, Karl-Gustav?", fragte sie und legte ein besorgtes Gesicht auf.

„Hast du nicht von den Morden gehört?", erwiderte er.

„Ich war es nicht", rief Georg von irgendwo weiter hinten.

Karl-Gustav verdrehte die Augen und biss sich auf die Lippe.

„Ist es das?", fuhr Svetlana fort. „Da ist doch noch mehr, du wirkst erratisch, unorganisiert, verzerrt. Und deine Kleidung, ich meine, wie kannst du nur so rumlaufen, gerade hier in Sema?"

Karl-Gustav spürte wie die Wut in ihm hochkochte. Er hatte keine Lust sich das anzuhören und sich auch noch zu rechtfertigen.

„Es gibt Wichtigeres, ich hab einfach keine Lust Helga zu beerdigen, verstehst du das nicht?", quetschte er zwischen den Zähnen hervor.

Svetlana schaute irgendwie säuerlich. Er ließ sie stehen und lief an ihr vorbei.

„Ich bin mir sicher", warf Svetlana ihm hinterher, „dass sich in den nächsten Tagen alles wieder beruhigt. Es wird eine neue Ordnung geben, die uns allen gut tun wird."

„Ach ja", rief er ihr einen Tick zu spitz zu, „und was macht dich da so sicher?"

„Vertrau mir einfach", erwiderte sie und kam hinterher. „Ich weiß gar nicht was mit dir los ist.

Früher konnten wir doch über alles reden. Lass uns zu zweit einen Spaziergang machen in der wunderschönen Sonne."

Karl-Gustav blieb stehen und dachte kurz nach. Es stimmte, hier lief nichts so wie er es erwartet hatte, der Draht zu den Leuten fehlte ihm irgendwie. Das war ein Verlust, der weh tat. Aber er konnte auch nicht anders, als sich dem zu entziehen.

„Ich war genug spazieren in der wunderschönen Sonne", erklärte er und war schon an der Tür. „Ich schaue spätestens morgen früh nochmal rein, wenn William und Elizabeth nicht da sind, reisen wir ab."

Sie verließen das Rathaus und Karl-Gustav war erleichtert, als die schwere Tür hinter ihnen ins Schloss fiel.

„Ich habe mir Svetlana immer anders vorgestellt", bemerkte Helga.

„Sie hatte es nicht einfach, musste einiges durchmachen in ihrem Leben", erzählte Karl-Gustav, als sie über den Platz schritten. „Ihre Eltern sind früh gestorben, sie musste sich noch früher als wir anderen alleine durchschlagen. Sie hat nie viel aus dieser Zeit erzählt. Die Einsamkeit deformiert uns alle, es lässt sich nicht verhindern."

„Wie habt ihr euch kennengelernt?", fragte Helga, als sie in eine Seitenstraße bogen.

„Ach, wie üblich, durch fachlichen Austausch in der Ausbildung, ihr Schreibstil ist mir gleich aufgefallen. Sie kann meisterhaft ungewöhnliche Verknüpfungen herstellen und liebt Kontroversen."

„Man merkt, dass du ihr wichtig bist", sagte Helga.

„Ach ja?", Karl-Gustav lachte ungläubig.

„Hey Wolki", rief plötzlich jemand aus dem zweiten Stockwerk über ihnen, „hast du dich mit deinen Freunden zum jährlichen Rollenspiel verabredet, oder was? Lasst ihr uns an dem Spektakel teilhaben? Du könntest einen klugen Philosophen spielen!"

Es folgte ein ausgiebiges Gelächter, das von den Wänden des Straßenzuges widerhallte. Karl-Gustav schaute nicht hoch, sondern senkte seinen Kopf. Es war ihm unangenehm, dass Helga das alles miterleben musste. Seine Beine fühlten sich plötzlich bleischwer an. Helga zog ihn hinter sich her.

„Hier ist es", verkündete Helga, als sie vor einer massiven Kirschholztür mit Eisenbeschlägen standen. „Esther ist Informatikerin, es war ein Glück, dass wir sie gewinnen konnten. Vielleicht weiß sie mehr über die Vorfälle, den Zustand der Stromversorgung und sowas."

Helga wollte klopfen, doch erst jetzt sahen sie, dass die Tür nur angelehnt war. Karl-Gustav klopfte trotzdem und rief ein paar Mal, ob jemand da wäre. Nichts rührte sich.

„Wer ist ihr Ausbilder?", fragte er.

Helga zuckte mit den Schultern.

Obwohl er ein ungutes Gefühl dabei hatte, stieß er die Tür auf und trat ein paar Schritte ein.

„Bleib dicht hinter mir", wies er Helga an.

Am meisten Angst hatte er davor, einem wütenden Technik-Mob zum Opfer zu fallen, weil er sich nicht rechtmäßig verhielt. Irgendwie hatte sich die Stimmung in Sema seit den Stromausfällen massiv verschlechtert. Sie mussten diese toxische Stadt schnell verlassen.

„Es scheint niemand zu Hause zu sein", sagte er in die Totenstille hinein und betrachtete den Teppichboden mit den bunten geometrischen Figuren darauf. Es war ein junger Einrichtungsstil, das sah er gleich. Keine schweren Holzmöbel. Stattdessen ein höhenverstellbarer Schreibtisch aus Metall.

Und dann sah er im Nebenzimmer die Blutlache und die Beine. Der Körper eines jungen Mädchens, neben ihm ein schwerer Hammer. Nein, das konnte nicht sein.

Hektisch drehte er sich um und schob Helga weg, schirmte mit seinem Körper die Sicht ab. Sie kämpfte gegen ihn, es entstand ein Gerangel, sie schrie, er versuchte sie zu fassen zu bekommen. Das ganze Gefühl wich augenblicklich aus seinem Körper, er verlor den Überblick, schnappte nach Luft.

Plötzlich waren Leute um ihn herum, redeten, gestikulierten, weinten, brachen zusammen.

„Warst du das?", jemand packte ihn am Kragen und eher er sich versah, bekam er einen Schlag ins Gesicht, sodass er nach hinten taumelte und über einen Stuhl fiel. Er hatte Mühe, auf die Beine zu kommen.

„Es ist dieses Philosophen-Pack, sie bringen die Kinder um, jetzt auch hier", rief einer und trat Karl-Gustav in die Seite.

Er krümmte sich, doch der Schmerz war irgendwie weit weg, vielmehr drang die Panik an die Oberfläche. Würden sie ihn jetzt lynchen?

„Die sind alle psychisch gestört, sozial verkümmert, verschroben, verkopft, verklemmt", schrie eine Frau und zeigte mit dem Finger auf ihn, „sie merken, dass ihre Zeit abgelaufen ist, dass sie von der Welt abgehängt werden, dass jetzt andere Zeiten anbrechen und das wollen sie mit aller Kraft verhindern, diese verstaubten Ego-Monster."

Da war irgendwie was dran, dachte Karl-Gustav. Gar nicht so schlecht auf den Punkt gebracht. Es konnten nur sie sein, seine Generation, die nicht loslassen wollte, die sich mit aller Kraft gegen gesellschaftliche Veränderungen stemmte. Die Naturwissenschaftler waren schon immer unersetzlich und am Durchstarten. Und er war so dämlich und glaubte mit einer Feder, einem Buch, einem Bleistift wäre er noch relevant. Arme Helga, dass sie gerade an sowas Reaktionärem festhing.

„Ich war es nicht", erklärte er im merkwürdig ruhigen Ton und rappelte sich auf. „Aber es stimmt, ich bin verkopft und verstaubt. Deswegen kann ich es kaum noch erwarten, mich von diesem Chaos zurückzuziehen und phlegmatisch an meinen Texten zu arbeiten."

Ein allgemeines Gemurmel setzte ein. Er rückte seine Brille zurecht, sah seinen Hut auf dem Boden und hob ihn auf. Seine Aktentasche hatte er irgendwie noch in der Hand.

„Ich habe ihn vorhin hierher laufen sehen", sagte jemand hinter ihm, „aber er konnte es auch heute Nacht gemacht haben, oder?"

„Wenn du mich fragst, ist er viel zu schmächtig dafür."

„Sie war erst sieben Jahre alt…"

„Es können nur die Geisteswissenschaftler sein, sie sind seit ein paar Tagen neu in der Stadt…"

Karl-Gustav lief wie durch einen Nebel nach draußen. Die kühle Luft schlug ihm entgegen. Der Anblick des Mädchens brannte immer noch auf seiner Netzhaut und wollte nicht verschwinden. Es war unbegreiflich, immer wieder aufs Neue. Es konnte nicht sein, was er gesehen hatte. Kein Suizid, kein Unfall, sondern Mord oder Totschlag. An einem Kind. Niemand würde sowas machen. Wenn Schreiber wahnsinnig wurden oder psychisch krank, dann schadeten sie nur sich selbst oder wandten psychische Gewalt an, physische Gewalt existierte nicht. Es war kein Tabu-Thema. Es wurde nicht geächtet. Es war nicht existent, genauso wie Sumo-Ringen nicht existent war auf ihrem Kontinent.

Ein anderer, neuer Gedanke schlich auf leisen Tatzen in seinen Kopf. Was, wenn die Stromausfälle auch gedankliche Kurzschlüsse verursacht hatten? Was, wenn die bisherigen Schemata von Abläufen nicht funktionierten, weil ihre Gewohnheiten auf den Kopf gestellt wurden? Wenn plötzlich Dinge, die vorher undenkbar waren, auf einmal eine Lösung darstellten. Schließlich hatte er auch sein Haus verlassen und dachte immer öfter darüber nach, nicht dorthin zurückzukehren. Jemand wusste, dass mit radikalen Maßnahmen wie dem Auslöschen von Kinderleben das normative Auseinanderbrechen des Kontinents verhindert werden konnte. Das war das Ziel.

„Hey, Karl-Gustav", ein etwa fünfzehnjähriges Mädchen mit kinnlangen glatten braunen Haaren stand vor ihm. „Ich bin Angelika und wohne schräg gegenüber, ich habe Helga bei mir aufgenommen."

Erleichtert atmete Karl-Gustav aus. „Kann ich zu ihr?"

Angelika nickte und er folgte ihr.

„Ich kann es immer noch nicht glauben, dass Esther wirklich diesen gewaltsamen Tod gestorben ist", murmelte Angelika, als sie die Straße überquerten.

„Hast du jemanden gesehen?", fragte Karl-Gustav.

„Nein, niemand hat etwas gesehen, leider", erwiderte sie. „Derjenige muss sich perfekt getarnt haben oder mitten in der Nacht in das Haus geschlüpft sein. Die Türen sind nicht verschlossen."

„Bei uns auch nicht, warum auch?", Karl-Gustav zuckte mit den Schultern.

Sie betraten Angelikas Haus. Ein Blick in die Küche und er sah Helga in eine Decke eingehüllt auf einem Bänkchen liegen.

„Sie braucht dringend eine Ruhepause", flüsterte Angelika. „Sie hat mir erzählt, dass ihr aus dem Osten hierher gepilgert seid, beachtlich."

Karl-Gustav wollte höflichkeitshalber seine Schuhe ausziehen, doch beim Anblick seiner schlammverkrusteten Stiefel hatte er Angst vor dem, was dabei rauskommen würde.

„Du kannst gerne meine Dusche benutzten, ich schicke derweil deine und Helgas Kleidung durch die Waschmaschine. Wenn der Stromspeicher ausreicht. Bis morgen früh müsste eigentlich alles trocken sein", bot Angelika an.

Unter normalen Umständen hätte er ein solches Angebot niemals angenommen. Überhaupt hatte er noch nie in einem fremden Haushalt geduscht. Das wäre so, als würde man sich an einen fremden Schreibtisch setzen und anfangen die Notizen des anderen durchzublättern und mit seinem Stift darin herumzukritzeln. Aber heute war alles anders. Es ging schon seit Tagen so, dass alles anders war. Karl-Gustav nickte müde und Angelika zeigte ihm den Weg nach oben.

„Welcher Fachbereich?", fragte er noch, bevor er im Badezimmer verschwand.

„Androiden", antwortete sie knapp.

Irgendwas gefror in seinen Adern. Das war keine einfache Sache. Niemand wollte sich damit beschäftigen. Die Schreiber mochten die Androiden nicht, sie hatten Angst vor ihnen und ihren Denkweisen, vor ihren fragmentierten Seelen, vor ihren zusammengebauten Körpern, vor ihrer Herkunft aus den Fabriken.

„Ich weiß", sagte Angelika, als hätte sie seine Gedanken gelesen, „es ist ein schwieriges Thema."

Er nickte vage und schloss die Tür hinter sich. Zog sich komplett aus, entnahm seinen Taschen den Inhalt, legte alles in die Aktentasche. Nahm den Haufen Klamotten inklusive seiner Schuhe und des Hutes und legte alles draußen vor die Tür. Dort fand er auch ein T-Shirt und eine Hose als Ersatz vor.

Das Wasser war natürlich eisig und er musste sich erst daran gewöhnen. Trotzdem brachte es eine Welle von Wohlgefühl über ihn. So, wie er es schon lange nicht mehr gespürt hatte. Er dachte an Jiri, die Feder, das Buch in seiner Tasche. Aber auch an sein gemütliches Zuhause, an die Littera, seinen Schreibtisch. An das Moor und die Riesenpilze. An seinen ersten eigenen Bleistift. An sein erstes Buch. Dann wieder an Esther und schüttelte sich. Es passte irgendwie alles nicht zusammen, das ergab keinen Sinn. Wie musste es nur Helga gehen, ihre Resilienz war noch nicht vollständig ausgebildet, sie sollte in diesem Alter noch nicht mit solchen Ereignissen konfrontiert werden. Und er war ihr auch keine wirkliche Stütze.

Er stieg aus und wickelte sich in ein großes Handtuch. Setzte sich auf den Badvorleger und holte die durchweichten Blätter hervor, die die anderen Schreiber ihm gegeben hatten. Löste die hellbraunen Seiten von einander und legte sie vorsichtig um sich herum aus. Es waren diese Widersprüche. Auf der einen Seite Menschen, die anderen die Köpfe einschlugen und auf der anderen Seite diejenigen, die ihm Texte zusteckten.

Manchmal waren die Menschen so schwer auszuhalten. Ihre bloße Anwesenheit, ihre Bewegungen, ihre Stimmen, ihr Hass. Diese Gespräche, die ins Nichts führten. Kontakte, die inhaltsleer waren. Begegnungen, die keine waren, weil man aneinander vorbeiging, vorbeiredete, vorbeidachte.

Und dann waren da diese Texte, die zwar etwas zerknittert, verschlammt und zerrissen waren, aber so einen persönlichen Einblick in die Welt der anderen eröffneten, wie er es selten erlebt hatte. Natürlich merkte man ihnen an, dass sie in Eile geschrieben worden waren, aber dennoch entsprang diesen Blättern so viel Trauer, Schmerz, Sehnsucht, Hoffnung und Verlorensein, dass es komplett Besitz von ihm ergriff und ihn überrannte. Er tauchte hinab in diese Schicksale und Leben, die in allen Farben schillerten und ihn schwindelig werden ließen. Er konnte diese Stimmen nicht ignorieren, sie mussten gehört werden. Und irgendjemand hatte genau davor Angst, Angst dass bald alle schreiben konnten, was sie wollten, mit allen Fragezeichen und Zweifeln und Unsicherheiten und die heilige Kaste der auserwählten Schreiber, der privilegierten Stimmen, überflüssig wäre.

Jemand hatte Angst, seinen besonderen Status zu verlieren. Fürchtete sich vor dem, was Helga und die anderen angeleiert hatten. Eine bedrohliche Öffnung. Die vielleicht notwendig war, damit ihre Inselgesellschaft weiteratmen konnte. Verdammt, er wusste auch nicht mehr genau, auf welcher Seite er stand.

„Wissenstransfer. Wisst ihr überhaupt, wie wichtig das ist?", fragte Angelika und stellte ihre Kaffeetasse wieder ab. „Wenn man sich mit der Geschichte der Androiden beschäftigt, merkt man, wie engstirnig und eingeschränkt das Leben auf unserem Kontinent ist. Eigentlich kommt jeder aus jedem Fachbereich zu dieser Feststellung, wenn er anfängt erwachsen zu werden und die Kindheit hinter sich lässt. Und dann… dann wird uns eingebläut, dass es kein Entkommen aus diesen vererbten und starren Mustern gibt und dann bleibt einem nur sich anzupassen oder den Freitod. Und wenn man sich angepasst hat entwickelt man innerhalb der nächsten zehn Jahre eine schwere Depression, weil man seine Seele ständig selbst geißeln, in Selbstisolation und Arbeitsmanie begeben muss, um in der Spur zu bleiben. Und in der Zwischenzeit gibt man möglichst viele dieser ‚Werte' an die nächste Generation weiter. Ehrlich gesagt, ich bin froh, dass dieses System ins Wanken gerät."

„Das ist eine sehr einseitige und tendenziöse Darstellung der Lage", wägte Karl-Gustav ab und nahm einen Schluck Milch. „Wir sind nun mal speziell, wir ticken nicht so wie die anderen. Da wäre zunächst einmal die überdurchschnittliche Intelligenz, dann sind wir von Grund auf Einzelgänger, und unser innerer Antrieb, unsere Selbstdisziplin ist derart stark ausgeprägt, dass wir beinahe pausenlos produzieren, verarbeiten, reflektieren, artikulieren müssen.

Das kannst du nicht einfach ignorieren und ein Konzept darüberstülpen, welchen vielleicht bei anderen Gesellschaften wunderbar funktioniert."

„Ich will dir nicht zu nahe treten, aber der Prozess hat sich bei dir ja schon bis zum Ende vollzogen", bemerkte Angelika und rückte ihre Krawatte zurecht. „Du bist nicht mehr offen für Veränderungen, du steckst schon zu tief drin."

„Das stimmt nicht", bestritt Helga vehement und setzte dabei ein ernsthaftes Gesicht auf.

Sie sah so anders aus, seit ihre Zöpfe wieder ordentlich geflochten und die dunklen Augenringe etwas heller geworden waren. Fast wie früher.

„Angelika hat mit ihrer Feststellung nicht unrecht", nickte Karl-Gustav, „trotzdem kann ich mich noch lebhaft an den Verlauf meiner Erstarrung erinnern. Bei anderen wird es nicht so sein, ich denke einer von ihnen wird derjenige sein, der hinter den Kindern her ist."

Eine Stille entstand und sie schauten alle auf die Maserung des Holztisches. Das waren immer diese Momente, in denen er sich der allgemeinen Vergänglichkeit bewusst wurde.

„Was hat es überhaupt mit dieser Idee des Warenaustauschs auf sich, ist damit eine Brücke oder eine Fährverbindung gemeint?", fragte er.

„Ich denke das sind Spekulationen. Wer soll ein solches Vorhaben finanzieren? Außerdem hängen wir, was das Monetäre angeht, ja fest in dem System der Weltwirtschaft fest, das lässt sich nicht ändern. Oder sollen wir hier ein Containerschiff empfangen und die Waren mit Goldmünzen bezahlen?", sinnierte Angelika und Karl-Gustav atmete erleichtert auf.

Sie hatte recht, das war nicht umsetzbar. Die Leute kamen mittlerweile auf die merkwürdigsten Ideen. Bei diesem Gedanken schweifte sein Blick über ein Objekt, welches gegenüber von ihm, an der Wand angebracht war. Er kniff die Augen zusammen, um es besser zu sehen. War es eine Feder, aber aus Metall, wie ein kleines Kunstwerk. Die Federfahne und der Kiel zusammengesetzt aus kleinen unterschiedlichen Metallteilen, die glänzten und schimmerten. So etwas hatte er noch nie gesehen. Es war wunderschön, irgendwie exotisch und geheimnisvoll. Er wollte Angelika unbedingt fragen, wer das gemacht hatte.

„Aber seltsam ist es schon", fuhr Angelika fort und riss ihn aus seinen Gedanken heraus, sodass er seine Frage vergaß, „ich habe schon hunderte von Androiden programmiert, aber noch keinen einzigen mit eigenen Augen gesehen. Ist das nicht absurd?"

„Ist es nicht gerade unsere Abgrenzung von dem Rest der Welt, die unsere Stärke ausmacht?", gab Karl-Gustav zu bedenken. „Wir können uns so voll und ganz auf das Wesentliche konzentrieren, auf den

Kern der Dinge und Probleme. Nicht umsonst schätzt der Rest der Welt unsere Schriften aufs höchste. Sogar in anderen Welten werden wir bewundert. Unsere Sicht der Dinge ist einzigartig und unersetzbar. Ich habe Angst, das alles aufzugeben. Wir wissen gar nicht, wie wertvoll das ist und wollen das für ein bisschen Reisefreiheit verspielen."

„Auf der einen Seite: ja", sie lehnte sich vor zu ihm und flüsterte ganz sachte, „auf der anderen Seite: was glaubst du, was wir alles noch dazugewinnen könnten, welche Welten sich uns erschließen und zu unserer Schreibbegabung beitragen könnten? Wir könnten unser Talent noch weiter steigern."

Karl-Gustav kniff die Lippen zusammen. Sie könnte Recht haben. Vielleicht. Vielleicht auch nicht. Ein Blick auf Helga offenbarte ihm, dass ihr Gesicht so sehr leuchtete, wie es schon lange nicht mehr geleuchtet hatte. Sie war mit Angelika vollkommen d'accord.

„Diese Androiden…", setzte Karl-Gustav an und nestelte an dem obersten Knopf seines Hemdes herum. Das Thema hatte ihn schon seit gestern keine Ruhe gelassen.

Helga riss die Augen noch weiter auf, das schien sie brennend zu interessieren.

„…sie sind…", fuhr er fort.

Ihm fiel nicht der richtige Ausdruck ein. Falsch? Unnatürlich? Gefährlich?

„Nein", Angelika schüttelte den Kopf, sie schien seine Gedanken wieder erraten zu haben. „Sie sind eine besondere Art von Menschen."

„Ihre Seelen…", stammelte Karl-Gustav. „Sie sind nicht richtig, das kann nicht richtig sein. Nicht jede Technologie, die von einem anderen Planeten importiert wird, ist moralisch korrekt."

Er merkte, wie er sich emotional aufregte und atmete tief durch. Räusperte sich und streckte die Arme. Es ging wieder.

„Du arbeitest mit einer alten Dichotomie zwischen Natur und Technik, natürlich und künstlich. Das sind Vorstellungen aus dem intellektuellen Mittelalter, der Moderne. Willst du wirklich hören, was ich dazu denke?", fragte Angelika.

Den Vorwurf hatte Karl-Gustav schon von Helga gehört. Aber er nickte, Angelika lehnte sich zurück und ihr Blick verschwand im Irgendwo.

„Schon seit der ontologischen Wende im 21. Jahrhundert wurde deutlich, dass nicht nur Menschen das Privileg haben beseelt zu sein. Auch andere Lebewesen, Gegenstände, Artefakte, Ideen, theoretische Konstrukte sind lebendig, sprechend, klingend. Sonst könnten wir auch niemals mit ihnen in Kontakt treten, ja niemals eine Weltbeziehung aufbauen. Und was sind Androiden anderes als Varianten davon."

„Ich weiß nicht, ob das so einfach ist, ihre Herstellung…", gab Karl-Gustav zu bedenken und trank sein Glas leer.

„Das ist eine andere Frage. Die Art und Weise, wie ihre Bestandteile generiert werden ist durchaus diskussionswürdig. Aber ihre bloße Existenz empfinde ich nicht als Affront, Bedrohung oder Unrecht", erklärte Angelika.

„Wow, du weißt so viel über diese Themen", schaltete sich Helga ein. „Wie hältst du es überhaupt in Sema, der Hochburg des Konservatismus, aus? Die Leute hier wollen sowas sicher nicht hören, oder?", fragte Helga schließlich.

„Es ist schwer", Angelika verdrehte die Augen. „Aber wo soll ich auch hin, in der Provinz ist es mir zu einsam, ich brauche viele Menschen um mich herum. Aber seit den Stromausfällen drehen alle nur noch durch, ich weiß nicht, wie es weitergehen soll."

„Ich auch nicht", Karl-Gustav stand auf und nahm seinen Hut, der jetzt wieder seine normale Farbe angenommen hatte, „deswegen müssen wir los und es herausfinden."

Er warf Helga einen entsprechenden Blick zu. Sie erhob sich ebenfalls.

„Wir sind dir unendlich dankbar für alles", er nahm die Aktentasche. „Dank der Verschnaufpause habe ich einen klareren Blick auf die Sache."

„Kommt gerne wieder. Ich kann euch behilflich sein, den neuen Gründertext zu übermitteln, ich habe die technischen Voraussetzungen", sagte Angelika an der Tür.

„Das ist gut zu wissen", Karl-Gustav nickte ihr zu und sie gingen los.

„Sie ist unglaublich klug", bemerkte Helga, als sie Kurs auf das Rathaus nahmen.

„Weißt du, wer ihr Anleiter war?", fragte Karl-Gustav.

„Wohl kein geringerer als Günther Freiberg", erwiderte Helga.

„Was?", Karl-Gustav blieb mit offenem Mund stehen. „Kein Wunder, dass sie so genial ist."

„Deswegen kann sie uns helfen die Fäden wieder zusammen zu führen, sie hat sein Know-How."

„So langsam findet alles zueinander. Los, wir müssen uns beeilen."

Sie eilten durch die menschenleeren Straßen, die Sonne war kaum aufgegangen. Ihre Schritte hallten von den Häuserfassaden. Karl-Gustav spürte einen Rückenwind. Seine Kleidung war sauber, er hatte sich stundenlang mit einer Schülerin von Günther ausgetauscht, Helga war noch am Leben und der neue Text musste nur noch schnell geschrieben und verschickt werden. Wunderbar. Der Wind wurde stärker, sie mussten ihre Hüte festhalten. Die Herbstwinde. Sie würden neuen Schwung bringen.

Im Rathaus liefen sie in den Raum, aus dem Stimmen drangen. William döste verkatert in einem Stuhl, Svetlana knetete die Krempe ihres Hutes am Fenster, Georg blätterte in einem alten Buch und Elizabeth kramte in ihrer Aktentasche.

„Wo warst du die ganze Zeit?", rief Georg und zog die Augenbrauen zusammen. Legte das Buch in eine graue Kiste zurück.

„Karl-Gustav, warum trödelst du immer so herum?", Elizabeth stand auf und verschränkte die Arme. „Es ist stets dasselbe mit dir, immer auf Abwegen. Behalte doch mal dein Ziel im Auge."

„Wenigstens hat er saubere Kleidung an, ansonsten hätte ich mich geweigert", bemerkte Svetlana.

„Leute haben gedacht, ich wäre der Kindsmörder", erklärte Karl-Gustav und schob einen alten Schreibtisch in die Mitte.

„Und, bist du es?", gähnte William.

„Ich kann mich gerade so zurückhalten", schnippte er zurück und rollte einen Bürostuhl heran, dessen Sitzfläche zerrissen war. „Der Gründertext. Ich habe da schon ein paar Ideen. Und ihr? Ich denke es wäre gut die Themen Zugehörigkeit, menschliche Existenz, Schriftsprache, Vielfalt, Verbundenheit und Begabung unterzubringen. Was sagt ihr? Lasst uns anfangen, dieser unsägliche Schwebezustand hat schon lange genug angehalten."

Aus dem Augenwinkel konnte er sehen, dass Helga sich auf eine Beobachterposition in den Hintergrund begeben hatte.

Georg stand wortlos auf, lief nach vorne und legte das Kästchen auf den Tisch. Dann schaute er Karl-Gustav in die Augen, sodass ihm sehr unwohl zumute wurde. Georg war schon immer sehr theatralisch gewesen. Jetzt klappte er langsam die Metallverschlüsse wie bei einer Zaubershow auf und öffnete den Deckel, als würde gleich ein weißes Kaninchen herausspringen. Jetzt kamen auch die anderen zum Tisch und beugten sich über die Paraphernalien.

„Das ist der vorherige Text, er ist 143 Jahre alt und wurde nach der damaligen friedlichen Revolution verfasst, als die Demokratie abgeschafft und die Selbstorganisation eingeführt wurde", erklärte Elizabeth und setzte sich die Brille auf. „Die semantischen Schwerpunkte liegen natürlich bei den Themen Unabhängigkeit, Freiheit, Autopoiese, Techniken des Selbst. Das Individuum wird ganz stark zurückgeworfen auf seine eigene Existenz, es ist nicht mehr in einem größeren politischen Kontext eingebettet. Damals war das natürlich ein großer Fortschritt im Vergleich zu dem bröckelnden politischen System, das nicht mehr die Aufgaben erfüllen konnte, für die es konstruiert wurde. Seine Weltbeziehung war stumm geworden, die Schreiber spürten den immer eklatanter werdenden Resonanzverlust. Eine neue, postpolitische Ära begann, die bis heute andauert. Aber funktioniert sie noch? Die Zeichen deuten in eine Richtung…"

„Dieser Vortrag war wirklich nicht notwendig", bemerkte Georg, aber keiner schien ihn zu beachten.

„Ich muss dir da widersprechen", William hob seinen Zeigefinger und drehte sich zu Elizabeth. „Ich denke unsere Gesellschaft funktioniert ganz gut. Nur, wenn die Welt dabei ist, sich neu zu strukturieren hinterlässt das bei uns auch Spuren. Das heißt aber nicht, dass wir jetzt auch alles ändern müssen. Ganz im Gegenteil denke ich müssen wir jetzt stärker denn je an unseren Werten festhalten, um diese Krise zu überstehen. Wir dürfen nicht aufgeben, wir dürfen uns nicht öffnen, sonst lösen wir uns auf. Es wird dann keine Schreiber mehr geben, keiner Schreiber-Exzellenz, nur noch albernes Mittelmaß, Möchtegern-Intelligenz. Unsere ganze Kultur, unsere Traditionen, das Erbe unserer Vorgänger, alles geht verloren, wenn wir in die Welt herausströmen."

Karl-Gustav atmete tief durch. Er war da ganz bei William, es stand tatsächlich alles auf dem Spiel.

„Wir sind eine Insel", seufzte Karl-Gustav, „wenn wir uns öffnen, verlieren wir uns in der Masse der Welt oder sogar des Universums. Wenn wir weiterhin abgeschottet leben, sterben wir nach und nach an kollektiven Depressionen und damit auch aus. Ihr könnt ja die aktuellen Probleme nicht ignorieren. Jahrhunderte in Selbstisolation hinterlassen ihre Spuren. Können wir überhaupt anderen Menschen noch begegnen, wo findet Nähe statt?"

„Ich finde, Karl-Gustav sagt etwas Richtiges", warf Georg ein und Karl-Gustav riss vor Schreck die

Augen auf. War das sein Ernst? „Wir können ja die toten Kinder nicht einfach hinnehmen, es muss sich etwas fundamental ändern."

„Niemals", rief Svetlana und schlug mit der flachen Hand auf den Tisch. „Die Kinder mussten wohl sterben, weil sie eine Gefahr für unsere Gesellschaft darstellten. Ja, mein Mitleid hält sich tatsächlich in Grenzen. Rebellion in Maßen ist ja akzeptabel, aber die haben in ihrer Gruppe, die ja jetzt wohl zerschlagen ist, geplant, auf das Festland überzusetzen. Eine deutlichere und radikalere Verletzung unseres Gesellschaftsvertrages kann es nicht geben. Oder haben wir nicht nur die Politik, sondern auch das Soziale mit abgeschafft?", sie zeigte auf das Dokument vor sich. „Und Helga war da ganz vorne mit dabei, wusstest du das? Oder steckst du auch mit denen unter einer Decke?", sie schaute Karl-Gustav eindringlich an.

Karl-Gustav schluckte. War Helga wirklich die Anführerin, wenn es sowas überhaupt gab? Natürlich war sie involviert, das hatte sie nie verheimlicht. Und er hatte bewusst nicht genau nachgefragt, welche Rolle sie in der Gruppe spielte. Was hätte es auch geändert?

„Ich denke, das spielt jetzt keine Rolle", erklärte Karl-Gustav im ruhigen Ton und warf Helga einen vielsagenden Blick zu.

Sie saß hinten auf einem Stuhl wie eine Chronistin bei einem großen Gerichtsverfahren.

„Wie konntest du sie nur mitbringen?", bellte Svetlana und ihre Augen funkelten.

„Sie hat mehr mich mitgebracht", murmelte Karl-Gustav.

„Unser Kontinent ist kein Knast, aus dem niemand fliehen kann", warf Georg ein.

Svetlana drehte sich abrupt um. „Du verstehst das nicht."

Karl-Gustav war der plötzliche Sinneswandel von Georg fast unangenehm, er hätte ihn lieber weiter als seinen Gegner gehabt, so wusste er wenigstens, was er zu erwarten hatte. Jetzt wusste er es nicht.

„Meine Lieben", Elizabeth faltete die Hände und lächelte ihr ätherisches Lächeln, „wir müssen und wir werden eine Einigung finden. Ist es nicht schön, dass wir uns so produktiv austauschen können über den Inhalt des Gründertextes, da haben wir doch gleich viele wichtige Aspekte gesammelt, die in die Endfassung einfließen können."

Vorsichtig nahm sie das Blatt aus dem Kästchen heraus und Karl-Gustav sah erst jetzt, dass es kein einzelnes Papier, sondern eine Art Block, ein Ringbuch war, mit dutzenden von Blättern, die an der Seite durch hölzerne Ringe zusammengehalten wurden. Etwa ein Drittel der Blätter war schon beschrieben und umgeblättert worden.

„Lass mich mal sehen", William streckte seine Hände aus, „was auf den anderen Seiten steht."

„Nein", Elizabeth schob ihn sanft zurück, „es geht um das Hier und Jetzt. Über die früheren Gründertexte wurde genug Sekundärliteratur verfasst, die du nachlesen kannst."

„Aber das hier", William leckte sich die Lippen, „das sind die einzigartigen Schriften unserer Vorfahren, ein Palinzest, wie ich es in meinem Leben noch nie in den Händen halten durfte."

„Konzentration", forderte Elizabeth und blätterte den letzten Text vorsichtig nach hinten zu den anderen.

Eine leere weiße Seite kam zum Vorschein. Karl-Gustav atmete tief ein und aus. Das war zu viel für ihn. Er brauchte eine Pause.

„Sag mal", wandte er sich an Svetlana und deutete ihr, aus dem Raum zu gehen, „vielleicht sollten wir reden."

Sie liefen zusammen ziellos durch den Flur.

„Weißt du, ich wollte dich schon die ganze Zeit fragen…", setzte Karl-Gustav an, „…hast du eigentlich die Arbeit an deinem letzten Text abgeschlossen? Du weißt schon, deine Studien zur Beziehung zwischen Welt und Subjekt."

„Ach das", Svetlana reckte den Kopf. „Da bin ich in der zweiten Überarbeitung, also es wird noch dauern."

„Ich bin schon sehr gespannt darauf, denn ich fand du hattest da einen sehr ungewöhnlichen Ansatz. Besonders deine Idee, dass der Mensch getrieben von der Angst ist, sich in der Welt aufzulösen, hat mich so sehr angesprochen."

„Danke", sagte Svetlana und ein Lächeln huschte über ihr Gesicht, „ich bin begeistert von der Idee der Eigenfrequenz, es hat regelrecht Besitz von mir ergriffen. Ich hoffe, ich konnte das Konzept verständlich herausarbeiten."

„Da habe ich gar keinen Zweifel", nickte Karl-Gustav, „dir kann auf deinem Gebiet doch keiner das Wasser reichen. Ich meine, wie kommst du nur auf diese ganzen Ideen?"

„Das ist das, was ich meine. Unsere Arbeitsbedingungen hier sind beinahe perfekt. Es gibt ja einen Grund, wieso wir so leben und arbeiten. Natürlich, wo Licht ist, ist auch Schatten, es kann auch gar nicht alles gänzlich zufriedenstellend sein. Das sollte auch nicht das Ziel sein. Durch die Unverfügbarkeit von idealen Lebensverhältnissen können wir vielmehr immer wieder außergewöhnlich kreativ und produktiv sein. Ich habe das Gefühl, du siehst das nicht mehr, du verrennst dich in den Ideen von Helga und ihren Freunden. Warum machst du das?"

Sie blieb stehen, drehte sich zu ihm um und schaute ihn mit einer Mischung aus Mitleid und Empörung an.

Er fühlte sich ertappt. Sie konnte ihn schon immer ganz gut durchschauen. Die innere Zerrissenheit, die ihn seit ein paar Tagen begleitete, stand ihm wohl auf der Stirn geschrieben. Es ärgerte ihn am meisten, dass er selbst nicht wusste, in welche Richtung er tendierte. Er wollte gleichzeitig fliehen und bleiben, kämpfen und aufgeben, schreien und für immer stumm bleiben. Es blieb ihm nichts anderes übrig als sich auf gut Glück und halbblind da hindurch zu navigieren. War das die Neofragilität?

„Ich habe meine Gründe", antwortete er schließlich ausweichend. „Seit ich dieses Buch geschrieben habe über Federn… und ich werde ein weiteres schreiben, es schreibt sich geradezu selbst in meinem Kopf als Nebenkriegsschauplatz, neben dem Gründertext, es ist eine Melange aus verschiedenen… es ist etwas ganz Neues…"

„Warte", unterbrach Svetlana ihn, „du hast dich doch nicht etwa wieder in einem deiner Projekte verschanzt? Du weißt, wenn du dich deinen Visionen zu sehr hingibst, verlierst du den Realitätsbezug. Hast du wieder diese Anflüge von sich widersprechenden Empfindungen und Gedanken?", sie kam nah an ihn heran und schaute ihm in die Augen als wollte sie sein Gehirn durchleuchten.

Karl-Gustav fühlte sich ertappt und versuchte einfach nur unauffällig ihren Blick zu erwidern. Svetlana war wirklich nicht von dieser Welt.

„Ich habe dich letztes Mal kaum aus diesem Zustand herausbekommen", sagte sie schließlich und ging wieder einen Schritt zurück.

„Aber es ist ein bahnbrechendes Werk dabei entstanden, ‚Die Philosophie der Fragilität', falls du dich erinnerst."

„Du wärst dabei fast verhungert oder an Schlafdeprivation gestorben. Und jetzt siehst du schon wieder so schmal und fahl aus."

„Jetzt übertreibst du aber", lächelte Karl-Gustav.

„Warum haben wir uns nicht schon vorher mal getroffen?", sagte Svetlana und sank etwas in sich zusammen.

„Weil wir zwischenmenschliche Interaktion so weit wie möglich vermeiden wollen", erwiderte Karl-Gustav und sie lachten beide.

Sie gingen zurück und als erstes sah Karl-Gustav, dass Georg sich ausgiebig mit Helga unterhielt. Insgesamt schien die Stimmung sich entspannt zu haben.

Karl-Gustav setzte sich an den Schreibtisch in der Mitte und öffnete seine Aktentasche. Das rege Gemurmel um ihn herum trug ihn irgendwie fort. Intuitiv nahm er das ihm geschenkte Buch aus der Aktentasche. Der graue Einband fühlte sich weich und abgegriffen an. Jemand hatte es oft in die Hand genommen, das Buch hatte nicht bloß im Regal gestanden.

Er schlug es auf der ersten Seite auf. Sofort spülte ihn eine gewaltige Welle fort. So, wie er es noch nie erfahren hatte. Er hatte Angst zu ertrinken, wollte aber gleichzeitig mehr davon. Diese Wortgewalt, gleichzeitig verwirrende Inkohärenz, die er so nicht kannte. Wie ein ihm bisher unbekanntes, feingliedriges Insekt spazierte der Text über seine Gehirnwindungen und drang dabei in Bereiche seines Seins vor, von denen er bisher nicht wusste, dass sie existierten. Kurze Zeit fürchtete er endgültig verrückt zu werden und in dieser sonderbaren Welt stecken zu bleiben. Im nächsten Moment erhoffte er genau das. Hatte sein gesamter Körper sich schon durch den Text transformiert? Er atmete ganz anders, merkwürdige Emotionscocktails strömten durch Arme und Beine, ein sonderbares Kribbeln entstand. Das, was er las war keine Geschichte, keine Abhandlung, keine Analyse, keine Bestandsaufnahme, kein Apell, keine Lyrik, keine Prosa, es war eine Kaskade von mehrdimensionalem, impressionistischem, kaleidoskopischem Erleben der Welt, das gleichzeitig in eine Million Scherben zerfiel, in jeder einzelnen spiegelte sich ein eigenes Universum.

Er klappte das Buch wieder zu, benutzte die sorgfältig eingepackte Feder als Lesezeichen und rieb sich die Augen. War das Hexerei. Wie konnte jemand nur ein Buch schreiben, das so eine Wirkung auf einen Menschen hatte. Er musste die Verfasserin kennen lernen, auch wenn es das letzte war, was er tat.

Die anderen standen um ihn herum und starrten ihn teils fassungslos, teils besorgt an.

„Ich wollte eigentlich einen Bleistift herausholen", murmelte Karl-Gustav und fand, dass seine Stimme so weit entfernt von ihm war. Sein Gehirn musste sich noch rekalibrieren.

„Wir schreiben den Gründertext nicht mit *deinem* Bleistift", konstatierte Georg, schaute ihn dabei aber nicht an.

„Meinetwegen", Karl-Gustav zuckte mit den Schultern, „welchen sollen wir nehmen?"

Elizabeth und William ließen sich auf einem Hocker und einem Stuhl nieder, Helga war auf ihrem Platz im Hintergrund, Svetlana setzte sich auf die Tischplatte und Georg lehnte sich dagegen, ihm den Rücken zugewandt.

„Okay, wie wäre es", schlug Karl-Gustav vor, nachdem niemand mehr etwas sagte, „ich öffne diese Schublade und den ersten Stift, den ich herausziehe, nehmen wir."

„Gute Idee", sagte Elizabeth.

Das Schubfach war sehr schwergängig und Karl-Gustav hoffte einfach, dass es keine Buche sein würde, damit konnte doch keiner schreiben. Mit einem hochfrequenten Quietschen löste sich endlich das Fach und alle kamen von ihren Plätzen und beugten sich drüber, um zu sehen, was sich darin befand.

Neben dutzenden vollgekritzelten Blättern fand sich tatsächlich in der Ecke ein kleines schwarzes Stoff-Etui, das vielleicht einmal einem Kind gehört haben könnte. Karl-Gustav nahm es heraus und faltete es auf.

„Oh", entfuhr es William.

Ein etwas zu kleiner, heruntergespitzter Bleistift in Ginkgo-Holz kam zum Vorschein. Die anderen nickten zustimmend. Welch eine ungewöhnliche Wahl. Karl-Gustav hatte bisher niemanden gekannt, der einen solchen Stift des seltenen Baumes benutzte.

Er wiegte das Schreibgerät in der Hand hin und her, ertastete es von allen Seiten. Das helle Holz war natürlich schon dunkler geworden und es gab deutliche Kerben, Dellen und Kratzer. Vorsichtig platzierte er den dicken Block vor sich und setzte den Stift an. Schreiben ohne Radiergummi, ohne Löschtaste. Eine Fähigkeit, die sehr herausfordernd war und die nur wenige Schreiber beherrschten. Ihm wurde ganz warm. Er zog das Jackett aus.

„Du warst immer schon der Schreibwütigste von uns allen gewesen, der Produktivste, der, der es kaum erwarten konnte, Worte aneinander zu reihen, sie zu komponieren und zu Texten zu verdichten", Elizabeth schaute ihn mit ihrem sanften, fast liebevollen Blick an.

„Bilde dir bloß nichts darauf ein", Georg schaute wie immer an ihm vorbei.

„Er verzettelt sich aber auch schnell, der rote Faden bleibt dann auf der Strecke", gab William zu bedenken und kratzte sich an seinem Bart.

Karl-Gustav fragte sich, ob William dabei nicht mehr über sich selbst sprach.

„Manchmal gibt gerade das einem Text die nötige Würze, sonst wäre es zu formelhaft, oder?", Svetlana trat vom Fenster an den Tisch heran zu den anderen.

„Ich sehe das pragmatisch", warf Georg ein, „ich hätte einfach keine Lust den Text zu ruinieren. Wenn der Strom immer noch nicht anspringt können wir es einfach Karl-Gustav in die Schuhe schieben."

„So einfach ist es nicht", bemerkte William, „wir alle setzen unsere Namen drunter."

Svetlana räusperte sich. „Wir sollten anfangen."

Karl-Gustav starrte auf das makellose Papier, das seit jeher eine magische Anziehungskraft auf ihn ausgeübt hatte. Es war wie ein neues Terrain, wie eine unberührte Landschaft, die er gerne erkunden wollte, seine Fußspuren dort hinterlassen. Außer, dass er wirklich neue Landschaften nie betreten wollte, es war ihm ein Graus. Vielleicht sollte er dies ändern. Was, wenn eine neue Gegend betreten so schön und aufregend war wie ein blütenreines Blatt beschreiben? Was war mit den weißen Flecken jenseits seines Kontinents? Mittlerweile übten sie einen ebenso großen Reiz auf ihn aus, definitiv seit er das Vogel-Buch gelesen hatte. Es hatte eine Tür geöffnet, die jetzt nicht mehr zuging.

„Es muss mit der Gemeinschaft beginnen", rief Georg mit einer ausladenden Handbewegung aus und stolzierte durch den Raum, soweit das mit den Möbelstücken eben ging.

„Wir brauchen eine große Prise von unabhängigen Geistern", fügte Elizabeth hinzu.

„…die stets emsig und gewissenhaft arbeiten…", warf William ein.

„Sich nicht aufhalten lassen und ihre eigene Stimme niemals aufgeben", steuerte Svetlana bei.

Karl-Gustav setzte den Stift an und fing an zu schreiben. Die Worte flogen nur so dahin. Er webte die Gedanken und Impulse möglichst elegant, kohärent und spannend aneinander, umeinander, durcheinander, bis der Text abhob und eine Eigendynamik entwickelte.

Er hörte noch die aufgeregten Stimmen, das Stühlerücken und die Schritte um ihn herum, spürte mal eine Hand auf seiner Schulter, dann mehrere Finger auf dem Papier, die auf Absätze zeigten. Das Stimmengewirr, aus dem er sich immer wieder etwas herausfischte, schwoll mal lautstark an, ebbte dann wieder ab, es waren mal Schreie, dann wieder Lachen zu hören.

Mit einem Mal flüsterte Georg ihm etwas ins Ohr, gleichzeitig redete Svetlana von der anderen Seite intensiv auf ihn ein. Dann schlug jemand mit der flachen Hand auf den Tisch, sodass alles wackelte. Schließlich spürte er seine Kräfte und seine Konzentration schwinden, das dicht beschriebene Blatt war fast vollständig ausgefüllt, das Licht wurde immer dämmriger und dann war das letzte Wort ausformuliert und ein Punkt dahinter gesetzt.

Als er wieder zu sich kam fühlte er sich verändert. Als hätte er eine alte verkrustete Haut abgestreift. Es lungerte aber auch eine unangenehme Verletzlichkeit in seinen Gliedern, die er gerne abgeschüttelt hätte wie feine Schneeflocken von einem Mantel. Sein Kopf dröhnte und doch rappelte er sich auf, ohne seine unmittelbare Umgebung zu registrieren, schnappte sich seine Aktentasche und das Kästchen mit dem Gründertext und eilte durch die dunklen Straßen zu Angelikas Haus.

„Was machst du um diese Uhrzeit hier?", gähnte sie ihn an.

„Der Text", er hielt ihr den Holzkoffer vor das Gesicht, „wir dürfen keine Zeit verlieren", huschte an ihr vorbei zu ihrem Schreibtisch. „Sind deine Akkus aufgeladen?"

„Ja, müssten noch gehen", murmelte sie und trottete hinterher.

Er schaltete ihren Computer an und legte sich Feder, Federbuch und Gründertext zurecht.

Jetzt hörte er nicht mehr, ob oder was Angelika sagte. Im Schein des kleinen Bildschirms zog er das Eingabegerät für Texte zu sich heran, strich den Staub von der Oberfläche. Sah an der Seite Angelikas rote Feder liegen, die er jetzt natürlich nicht benutzen konnte.

Irgendwas sagte ihm, dass er vorher noch eine Dosis des Buches brauchte, um sich zu pushen und den Text möglichst perfekt einzugeben. Damit bei der Übermittlung bloß nichts schief ging.

Er schlug das Buch auf. Seine Augen huschten über den Text. Sofort war er wieder da drin, wo er stehen geblieben war. War das Geschriebene vorher phantastisch und rätselhaft diffus, so entwickelte es jetzt eine düstere Dynamik. Tiefliegende Ängste brodelten auf, wickelten ihn ein und zogen ihn hinab in Abgründe, von denen er niemals geahnt hätte, dass diese existierten. Gleichzeitig wurde die Sprache verworrener, die Verfasserin bediente sich sowohl der globalen Sprache, die auf allen Kontinenten, wenn auch nicht in allen Regionen, gesprochen wurde, dann aber genauso der Sprache der Vogelmenschen, die er – wenn auch nicht fließend – beherrschte, aber ebenfalls einer weiteren, ihm bisher nicht bekannten Sprechweise. Alle flossen ineinander und bildeten einen eiskalten Strom, der sich zwischen den Gesteinswänden wie flüssiges Metall hindurchfräste und unauffällig alles mitnahm, was ihm in den Weg kam.

Karl-Gustav spürte, wie sein Körper von einem kalten Schweiß bedeckt wurde und seine Finger taub wurden. Er sah sich in diesem Fluss treiben und untergehen. Schließlich konnte er sich losreißen und das Buch schließen. Diese Art der Tiefenresonanz mit der Welt hatte er vorher noch nie erfahren, sie war vor allem geprägt durch radikale Entfremdungserfahrungen und hinterließ bei ihm die Erkenntnis, die magische Welt nur erkennen zu können, wenn er sich kopfüber in den Fluss warf und all seinen Schutz aufgab.

Unter diesen Eindrücken nahm er vorsichtig die Feder in die Hand. Sie war weich, glatt und seiden, so wie er sie in Erinnerung hatte. Ihre verschiedenen Farben waren in dem Bildschirm-Licht schwer zu erkennen, aber die Übergänge waren fließend. Karl-Gustav drehte die Feder mehrmals zwischen Zeigefinger und Daumen, um den richtigen Halt zu finden. Die Federn, mit denen er bisher gearbeitet hatte, waren kleiner und dünner. Musste er mit dieser genauso viel Druck ausüben oder weniger? Die Spitze fühlte sich abgeflachter an, war das ein gutes Zeichen?

Er holte den Text und hielt die Luft an. Wie die ganze Welt auf einmal in so ein kleines arbiträres Objekt passte, für den Moment zumindest.

Behutsam, aber doch mit Schwung setzte er die Feder für das erste Wort an. Auf der Eingabeoberfläche blieb für den Bruchteil einer Sekunde eine Spur seiner Handschrift zurück, dann erlosch diese und konnte überschrieben werden. Auf dem Bildschirm konnte er aus den Augenwinkeln erkennen, dass das Programm die Eingabe aufzeichnete und abspeicherte.

Ohne Pause übertrug er Wort für Wort, Satz für Satz. Ein merkwürdiger Flow erfasste ihn, er hatte das Gefühl, dass das Leben von dem Text durch ihn hindurch, durch die Feder, in den Computer und den Rest der Welt und des Universums floss. Wie ein metallischer schwarz-silberner Fluss. Er speiste diesen Algorithmus ein, der alles miteinander verband, falls er funktionierte, falls er stark genug war, um den Kontinent wieder anzubinden, falls er die Anforderungen erfüllte, falls der Rest der Welt sich überhaupt noch für die Schreiber interessierte.

„Was soll ich bloß mit dir machen, Karl-Gustav?", hörte er eine Stimme weit weg. „Du hast den Text endlich geschrieben, aber jetzt? Ich weiß genau, dass du dich nicht aufhalten lassen wirst, deinen unheilvollen Weg weiter zu gehen. Zum Sterben ist es aber zu früh für dich. Und es wäre zu schade, ein solches Talent zu vergeuden."

Karl-Gustav versuchte sich zu bewegen, versuchte die Stimme zu identifizieren, versuchte herauszufinden, ob er träumte oder bloß ausgeknockt war. Doch es gab kein Entkommen aus der Katatonie, sein Körper gehorchte ihm nicht. Er wusste, dass diese Ausfälle ihm irgendwann zum Verhängnis werden würden.

Als nächstes spürte er, wie er hochgehoben und weggetragen wurde. Zumindest vermutete er das. Holprig und kopfüber transportierte ihn jemand ab wie einen alten ausrangierten Teppich. Schlapp hing sein Körper herum, das zentrale Nervensystem unerreichbar, Bewegungen unmöglich, noch nicht einmal die Augenlider konnte er öffnen.

„Ich muss mir erst überlegen, wie es mit dir weitergeht, gleichzeitig darfst du mir nicht noch einmal entwischen", hörte er wieder die Stimme.

Er konnte keinen klaren Gedanken fassen, sein Gehirn war zu sehr in seine Einzelteile zerfallen, Konzentration nicht möglich, verdammt. Die Realität schlug dann hart zu, als er auf einem Steinboden aufwachte. Er öffnete die Augen und sah, dass es kalt und dunkel war. Ein extrem muffiger Geruch kroch in seine Nase. Sein Körper schmerzte. Er fühlte sich ausgebrannt, vertrocknet und kraftlos. Vorsichtig berappelte er sich und richtete seinen Oberkörper auf. Das Einzige, was er sehen konnte war ein schwacher Lichtstrahl unter einer Tür.

Mühsam kroch er auf allen Vieren dorthin und ertastete eine schwere Holztür. Zog sich an ihr hoch, kam aber nicht besonders weit, weil auf halber Höhe schon die Decke ihm entgegenkam. Kurz wunderte er sich, was hier vor sich ging. Ob er in einen Kaninchenbau gefallen war oder in einer anderen merkwürdigen Röhre feststeckte.

Er fuhr mit den Fingern über die Decke, dort waren auch dieselben gemauerten Steine wie auf dem Boden, sie verliefen in einem Bogen über ihm. Ein Gewölbekeller, wie man ihn in vielen alten Häusern fand. Die Holztür hatte noch nicht einmal einen Griff und war natürlich fest von außen verschlossen, vermutlich mit einem Riegel. Er setzte sich wieder.

Der Raum war ansonsten komplett leer. Karl-Gustav untersuchte vorsichtig jede Ecke. Nur Staub, Steinchen, abgebröckelter Putz und Spinnenweben fanden sich darin. Seine Brille, sein Hut und seine Aktentasche waren weg, man hatte ihn also quasi nackt hier in dieses Loch geworfen.

So sah es also aus, wenn man in den Abgrund gefallen war. Hatte das Buch ihn warnen wollen, ging das überhaupt. Seine Gedanken fingen wieder an, sich zu verzetteln. Dinge in Zusammenhang zu bringen, die vielleicht nicht zusammengehörten. Aber selbst wenn, was hätte er tun sollen, er hatte über seine Paralyse-Zustände keine Kontrolle, somit war er ständig ein potentielles Opfer für alle Arten von Verbrechen. Wer konnte so etwas tun? Man hatte ihm kein Stück Papier, keinen Stift, keine Lektüre als Trost dagelassen. Das war unmenschlich. War es der Kindermörder und war er vielleicht doch von einem anderen Kontinent, denn so etwas würde kein Schreiber tun.

Jeder seiner Landsleute wusste, dass die Möglichkeit zu lesen und zu schreiben bei ihrer Spezies immer gegeben sein musste, es war so wichtig wie die Luft zum Atmen. Enthielt man einem Schreiber dies vor, so drohte er entweder zu ersticken wegen mangelnder Wortaufnahme oder zu ertrinken an seinen vielen Gedanken. Irreparable Schäden des Gehirns waren die Folge.

Karl-Gustav saß da und starrte auf die winzige Lichtspur, weil es das Einzige war, was ihm noch geblieben war. Helga. War sie schon tot? Er hatte sie allein gelassen, es war seine Schuld. Er hatte nie gelernt, auf andere aufzupassen. Sie hatte auf ihn aufgepasst. Kinder hatten noch diesen Sinn für Gemeinschaft, der den Erwachsenen abhanden kam. Aberzogen wurde. Verkümmerte, weil er nicht benutzt wurde. Hierher hatte ihn sein Lebensstil gebracht. Wahrscheinlich würde er hier einsam sterben ohne ein geschriebenes Wort als Trost an seiner Seite.

Anscheinend war jemand zu feige gewesen, ihn einfach zu töten. Warum? So war es doch viel umständlicher. In diesem leeren Verlies gab es noch nicht einmal eine Möglichkeit sich selbst ein Ende zu setzen. Wunderbar. Er konnte um Hilfe schreien, aber es würde ihn sowieso niemand hören. Er hatte außerdem schon ewig nicht mehr geschrien, wusste nicht, wie das ging.

Seine Gedanken drehten sich im Kreis. Er legte sich wieder auf die Seite. Das Gefühl der Platzangst kroch in ihm hoch. Man hätte ihn genauso gut lebendig begraben können. Diese enge Gruft schloss sich um ihn, schloss sich um sein Herz, erdrückte ihn von allen Seiten.

Sein Überlebensinstinkt sagte ihm, er durfte jetzt nicht überschnappen. Damit quälte er sich nur unnötig. Ruhig bleiben. Er schloss die Augen. In seinem Kopf war es nicht eng. Dort war es weit, unendlich weit. Dort konnte er seine Zelle verlassen, er konnte die unheilvolle Stadt verlassen, diesen Kontinent, der ihm zu eng geworden war. Er konnte das alles hinter sich lassen, ausbrechen.

Leichten Schrittes trugen ihn seine Füße zuerst zur Bücherstadt, in der die Bücher ihr Eigenleben führten. Er konnte durch ihre raschelnden Reihen gehen und ihre Buchrücken streifen, ohne verrückt zu werden, denn er hatte ihre Medizin schon längst gekostet. Durch sie beide pulsierte dieselbe Lebensenergie, also konnten sie ihm nichts anhaben. Er würde sich für ein paar Tage mit den Büchern assimilieren und in der Stadt versinken. Dann wieder auftauchen und weiterziehen.

Natürlich ging es zu den Stromversorgern, die dieses Unheil angerichtet, die ihren Teil der Abmachung nicht eingehalten hatten. Zunächst würde er zum Vogelwald pilgern. In welcher Form dieser eben existieren würde. Vielleicht ein Wald in einer urbanen Version? Mit aufgebauten Plateaus, denn Vogelmenschen liebten den freien, offenen Himmel über sich und wollten in luftiger Höhe leben. Dort würde er nach Jiri und Naj suchen, er wollte ihnen beiden wenigstens einmal gegenüberstehen. Vielleicht würde er ihnen ein Buch überreichen, welches er auf seinem Weg geschrieben hatte.

Er würde hoffen, dass sie ihn nicht abmurksten oder verspeisten, denn nach dem zu urteilen, was er bisher gelesen hatte, waren sie sehr impulsiv, gewalttätig, unberechenbar und ihm definitiv körperlich überlegen. Natürlich konnte ihre Existenz nicht darauf reduziert werden, aber es war ein wichtiger Faktor.

Bei seinem Aufenthalt würde er sie beobachten, erforschen, hätte Gelegenheit, sich noch mehr in ihre Weltauffassung reinzudenken, er würde weitere Bücher schreiben, sie würden in einen produktiven Austausch kommen, vielleicht sogar in ein soziales, zwischenmenschliches Miteinander…

Er schreckte hoch, weil er dachte ein Geräusch gehört zu haben. Kurz hielt er inne und lauschte in alle Richtungen. Das Licht war schon sehr viel schwächer, sodass der Raum in fast gänzlicher Dunkelheit lag. Außer seinem eigenen Herzschlag war nichts weiter zu hören. Er legte sich wieder hin.

Schluss mit den Hirngespinsten, dachte er, es gibt kein Entkommen, kein magisches Reisen, keine Begegnung mit Phantasiegestalten. Die Realität bestand daraus, dass jemand sich zu schade war, ihn zu töten und ihn stattdessen zum qualvollen Aushungern in ein dreckiges Loch geworfen hatte. Niemals würde jemand seine Gebeine hier finden, sein Verschwinden würde als ungelöstes Rätsel in die Geschichte eingehen. Damit musste er sich wohl abfinden.

Aber was war mit Helga. Sie war sein Schützling. Er hätte auf die Texte und Bücher pfeifen sollen, ihre Sicherheit an oberste Stelle setzen sollen, sobald das mit den Attentaten losgegangen war. Zumindest bis der Täter gefasst war. Aber hätte er sie wirklich vor dem Leben bewahren können, vor den rauen, unberechenbaren Gewalten der Welt, in die sie sich unbedingt reinstürzen wollte, was er ihr auch nicht verdenken konnte. Den ganzen Tag am Schreibtisch vor sich hin zu brüten war wenig aufregend, wenn auch sicherer.

Er verlor den Bezug zur Zeit, sodass es ihm vorkam, als würde er unendlich lange vor sich hin vegetieren. Er rüttelte an der Tür, versuchte die Scharniere zu lockern, mit den Händen irgendwas zu ertasten, zu klopfen, aber es blieb alles ergebnislos. Er kugelte sich erneut ein. Sein Körper ächzte, seine Gedanken kreisten, die Tür blieb verschlossen.

Irgendwann erfasste ihn ein Zittern am ganzen Leib, welches immer stärker wurde. Er umfasste seine Beine, presste den Kopf gegen die Knie. Aber das Zittern war so stark, dass er gefühlt keinen Muskel mehr unter Kontrolle hatte. Es war ein demütigender Zustand. Er, der immer alles durchdacht, konzeptionalisiert, versprachlicht, reflektiert hatte, war zurückgeworfen auf die grundlegenden Körperfunktionen, die sich seinem Zugriff absolut entzogen.

Mal sah er Helga durch den Raum laufen, sie sagte nichts, sondern schaute ihn nur bedrückt an. Dann tauchte Georg auf, er beugte sich zu ihm runter und machte ihm allerhand Vorwürfe. Svetlana schmunzelte bloß und setzte ihren abgeklärten Gesichtsausdruck auf, so als wollte sie sagen „Karl-Gustav, was hast du da wieder angestellt". William tätschelte ihm den Kopf und strich nachdenklich durch seinen Rauschebart. Elizabeth rückte ihre Brille zurecht und schaute streng.

Er wollte sich bemerkbar machen, damit sie ihm halfen, aber er konnte sich mal wieder nicht rühren. Und dann verschwanden sie und es kam niemand mehr.

Nach einer unbestimmten Zeit spürte er, wie ihm jemand in die Seite trat. Erst vorsichtig, dann stärker.

„Bist du tot, Philosoph?" raunte eine dunkle Stimme, die ihm bekannt vorkam.

Karl-Gustav öffnete die Augen, konnte aber in der Dunkelheit nichts erkennen.

„Wer...", krächzte er mit zitternder Stimme und brach ab.

„Ich wusste doch, dass hier etwas nicht stimmt", brummte der Mann und begann ihn herauszuzerren.

Mit einem Ruck hob er Karl-Gustav schließlich auf die Beine, auf denen er kaum stehen konnte.

„Was...", hustete Karl-Gustav und wusste selbst nicht, wie der Satz weitergehen sollte.

„Wir müssen jetzt schnell machen, damit uns niemand sieht", sagte der Mann und stützte ihn. „Halt bloß deine Klappe, hörst du?"

Karl-Gustav nickte. Irgendwie hatte der fremde Retter ihn nach oben geschleift, war durch eine Tür geschlüpft und auf der regennassen und nachtschwarzen Straße gelandet.

Seine Füße versuchten sich daran zu erinnern, was Laufen war, denn er wollte bloß weg von diesem verdammten Gebäude. Die Luft roch so frisch und klar, wie das pure Leben. Ein leichter Windhauch streifte sein Gesicht und Karl-Gustav lächelte, es war ein wunderschönes Gefühl. Er blickte auf die Pfützen zwischen den Pflastersteinen vor sich und dachte sie klingen zu hören, die ganze Welt hatte sich plötzlich ihm wieder zugewandt. Schnell fanden seine Beine wieder in die Grobmotorik des Laufens und sie konnten schnell vorankommen.

Der Unbekannte betrat mit ihm ein Haus und schloss die Tür hinter sich. Nach kurzem Herumkramen wurde eine Kerze angezündet. In dem Schein erkannte Karl-Gustav, dass es der bärtige Mann war, der sie an ihrem ersten Tag aus Sema vertreiben wollte.

„Mach mir keinen Ärger", er lief unruhig hin und her, „ich habe kleine Kinder im Haus."

Karl-Gustav konnte sich nicht genau entscheiden, welche Energien von ihm jetzt ausgingen. Einerseits hatte er ihn eindeutig aus der Gruft rausgeholt, andererseits war er ihm von Anfang an schlecht gesonnen gewesen und machte auch jetzt einen aufgebrachten, unberechenbaren Eindruck.

„Du kannst dich umziehen", der andere warf ihm einen Haufen Kleidung zu, „du riechst wie ein Leichenhaus."

Karl-Gustav fing die Klamotten auf, verlor dabei das Gleichgewicht und lehnte sich an eine Wand hinter sich, die sich dort zum Glück befand. Schließlich rutschte er die Wand runter, weil er die Kontrolle über sein Leben verloren hatte.

„Ich kann dich hier nicht rumlaufen lassen", runzelte der Retter die Stirn. „Wenn dich hier einer sieht, mein Nachbar steht manchmal unangekündigt im Flur, dann…"

Karl-Gustav hörte ihm zu, verstand aber nichts.

„…du kommst einfach mit nach oben", er packte Karl-Gustav am Oberarm und schleifte ihn die Treppenstufen rauf. „Ich bin übrigens Frank, ich erstelle Bahnfahrpläne", sagte Frank und schaute ihm dabei tief in die Augen und Karl-Gustav kam diese Situation so furchtbar absurd vor.

„Ich bin Karl-Gustav", flüsterte Karl-Gustav.

„Psst", Frank legte seinen Finger auf die Lippen und pustete die Kerze aus. „Frau und Kinder schlafen, du ziehst dich um und legst dich einfach dazwischen, verstanden?"

„Wer bist du?", hörte er eine kindliche Stimme und öffnete die Augen.

Es war schon hell. Er kniff die Augen wieder zusammen, hatte das Gefühl die Sonne seit Jahren nicht mehr gesehen zu haben.

„Heinrich, du hast doch gehört, dass er Karl-Gustav Wolkebarth heißt", antwortete eine andere kindliche Stimme.

„Bist du tot?", fragte Heinrich nun ganz nah an seinem Gesicht, er konnte seinen Atem auf der Nase spüren.

„Lass ihn in Ruhe", sagte das zweite Kind.

Karl-Gustav öffnete die Augen und richtete sich auf. Vor ihm saßen drei Jungs und starrten ihn unverhohlen an. Sein Mund fühlte sich abartig trocken an und sein Kopf dröhnte. Er versuchte sich zu erinnern, was passiert war, er bekam es nicht ganz auf die Reihe. Fetzen von Eindrücken schwirrten unsortiert in seinem Gehirn. Er sah auf einem Nachttisch ein Glas Wasser stehen, nahm es und trank es aus. Die kühle Flüssigkeit strömte durch seinen Körper.

„Ich habe schon Schreiben gelernt", verkündete Heinrich und streckte seinen Kopf stolz hervor.

„Das ist fein", erwiderte Karl-Gustav, „dann wird bestimmt bald ein prima Schreiber aus dir."

„Was schreibst du?", fragte der Mittlere, der ungefähr fünf Jahre alt sein musste.

„Hast du nicht gehört, Joachim, Vater hat gesagt, er ist Philosoph", wies ihn der Älteste zurecht und schaute streng.

„…er sei Philosoph, meinst du wohl, Albert", korrigierte Joachim ihn und schaute triumphierend.

Albert verdrehte nur die Augen. Er war sicherlich nur ein paar Jahre jünger als Helga.

„Philosophen machen nichts Nützliches", plapperte Heinrich vor sich hin und lachte mit seinen weichen und runden Wangen.

„Vielleicht sind sie sogar schuld daran, dass wir jetzt keinen Strom haben, weil sie nicht genug Brauchbares an die anderen Kontinente geliefert haben", ergänzte Joachim und schaute Karl-Gustav erwartungsvoll an.

„Erzähl nicht so einen Quatsch", blaffte Albert seinen Bruder an. „Du verstehst die Zusammenhänge noch nicht ganz."

Karl-Gustav erinnerte sich an seinen Bruder und seine Schwester, mit denen er aufgewachsen war. Von zahlreichen Konflikten geprägte Geschwisterbeziehungen, bei denen seine Eltern nie interveniert hatten. Wie auch, sie waren wahrscheinlich unter ähnlichen Bedingungen aufgewachsen und kannten es nicht anders.

Rivalitäten, Kämpfe um Aufmerksamkeit und Anerkennung, Überheblichkeiten, Feindseligkeiten, rücksichtsloses Verhalten und fehlende Empathie führten zu immer größeren Konflikten, bis es zum endgültigen Bruch kam, natürlich befeuert von seinem Entschluss die geisteswissenschaftliche statt informationstechnische Richtung einzuschlagen wie der Rest seiner Familie. Er hörte immer noch die Stimme seiner Mutter bei ihrem letzten Gespräch, wie sie ihm vorwarf, dass die Mühe, die sie in seine Aufzucht gesteckt hatte, vollkommen vergeudet war.

„Ich produziere tatsächlich nichts, was man einfach nehmen und benutzen kann, was anderen einen unmittelbaren und messbaren Nutzen bringt", erklärte Karl-Gustav zu den dreien gewandt.

„Äh, bist du dumm oder was", giggelte der Kleinste, schlug sich spielerisch auf den eigenen Kopf und kugelte durch den Deckenhaufen.

„So etwas sagt man nicht", dozierte Albert und schüttelte den Kopf. „Ich weiß, dass sehr viele dich für klug halten, du bist in weiten Teilen unseres Kontinents sehr angesehen", sagte er nun zu Karl-Gustav gewandt.

„Du weißt schon sehr viel, wann fängst du deine Ausbildung an?", fragte Karl-Gustav.

„Nächstes Jahr. Ich denke, ich werde mich mit Warenlieferketten beschäftigen", er zuckte mit den Schultern und Karl-Gustav spürte, dass diese Entscheidung keine einfache für ihn war.

Die Auswahl des eigenen Schwerpunkts war immer an Tausende von Überlegungen geknüpft und niemals wussten die Kinder, ob sie jetzt die richtige Richtung eingeschlagen hatten oder nicht.

„Ich habe auch eine Auszubildende, Helga", sagte Karl-Gustav und verstummte plötzlich, senkte den Kopf. „Ich… ich muss sie suchen."

Er schälte sich aus dem Bett und besah seine Kleidung. Viel zu groß und unglaublich verknittert schlabberte ein Hemd und eine Hose an ihm herum. Er knöpfte das Hemd auf und zog es aus.

„Habt ihr meine Kleidung gesehen?", fragte er die Jungs, die jede seiner Bewegungen mit absoluter Konzentration verfolgten.

„Hallo Karl-Gustav", eine Frau stand in der Tür. „Ich bin Irmgard, Franks Frau."

Ihre Blicke trafen sich und Karl-Gustav schämte sich augenblicklich dafür nur halb angezogen zu sein. Hektisch fing er an, Franks Flanellhemd wieder anzuziehen, verhedderte sich aber sogleich in den Ärmeln.

„Hast du gut geschlafen?", fragte sie und setzte sich zu ihm auf das Matratzenlager.

Karl-Gustav nickte unbestimmt, er kämpfte immer noch mit den Knöpfen an den Ärmeln.

„Ich muss gleich los, meinen Schützling suchen. Helga, hast du etwas von ihr gehört?", erkundigte er sich und hielt die Luft an.

„Du hast das Hemd falsch rum an", bemerkte Irmgard und schaute leicht amüsiert. „Außerdem,

Frank hat gestern Abend noch deine Kleidung gewaschen und aufgehängt. Sie ist zwar noch etwas klamm, aber wenn du willst, kannst du sie haben", sie drückte ihm ein Bündel in die Hand.

Karl-Gustav nahm es an sich und begann, sich wieder aus Franks Hemd zu schälen.

„Über den Verbleib von Helga weiß ich leider nichts", fügte Irmgard an und Karl-Gustav sah, dass es bei den Kindern angesichts dieser Information lange Gesichter gab.

„Was ist mit Angelika? Das letzte, woran ich mich erinnern kann, ist, dass ich bei ihr war", rief Karl-Gustav.

„Sie ist schwer verletzt, wir wissen noch nicht, ob sie es schafft", Irmgard senkte ihren Blick und Albert nahm seine Brüder in den Arm, die Tränen standen ihnen in den Augen.

„Um Himmels Willen", keuchte Karl-Gustav, „das ist alles meine Schuld. Ich hätte niemals zu ihr gehen dürfen. Hat man gesehen, wer es war?"

Irmgard schüttelte den Kopf.

„Aber es muss doch irgendwelche Hinweise geben? Es kann doch nicht sein, dass nie jemand etwas sieht? War es ein Phantom?", rief Karl-Gustav und schlüpfte wieder in seine eigene Hose.

„Frank war in den frühen Morgenstunden wach und hatte zufällig gesehen, wie eine dunkle Gestalt etwas Großes und Schweres ins Rathaus trug. Das kam ihm merkwürdig vor. Aber er konnte die Person nicht identifizieren", erzählte Irmgard. „Er dachte, da will jemand wieder etwas abladen, aber irgendwie gab ihm die Sache keine Ruhe. Nur durch Zufall fand er dich."

„Er hat mir das Leben gerettet", bestätigte Karl-Gustav und stand auf. „Ich bin ihm zu tiefsten Dank verpflichtet."

Die Stiefel fand er vor dem Zimmer. Beim Anziehen wurde ihm etwas schummrig. Er hatte wohl zu lange irgendwo herumgelegen.

„Du solltest jetzt nicht rausgehen", sagte Irmgard und stand ebenfalls auf. „Es ist zu gefährlich."

„Ja, ich finde es auch zu gefährlich", pflichtete Karl-Gustav ihr bei und schwankte etwas. „Ich wollte von Anfang an nicht aus dem Haus gehen."

Irmgard trat ein paar Schritte näher und beäugte ihn. Ihre braunen Haare waren zu einem losen Dutt zusammengebunden aus dem ein paar Strähnen hingen und ihr Gesicht umrahmten. Sie hatte eine sehr angenehme, beruhigende Ausstrahlung. Karl-Gustav musste sich am Türrahmen abstützen, um nicht umzufallen.

„Du musst erstmal zu Kräften kommen", beschloss Irmgard und führte ihn in ein kleines Zimmer nebenan, welches allem Anschein nach ein Arbeitszimmer war. „Ich mache dir eine Gemüsesuppe, okay?"

Sie setzte ihn auf einen Schreibtischstuhl und ging wieder. Die Kinder trippelten ihr hinterher, runter in das Erdgeschoss. Aus dem Fenster vor sich sah er die Häuser und Dächer von Sema. Es hatte wieder angefangen zu regnen. Und da erinnerte er sich plötzlich an die Nacht, in der er herübergetragen wurde. Sein Kidnapper hatte mit ihm gesprochen, oder? Was hatte er gesagt? Karl-Gustav schloss die Augen, um sich voll und ganz in die Situation hineinzuversetzen. Was sollte er mit ihm machen, hatte er gesagt. Er war sich wohl unschlüssig gewesen. War es eine Stimme, die er kannte? Vielleicht. Es ging alles zu schnell und sein Gehirn war zu diesem Zeitpunkt nicht auf der Höhe.

Es war auf jeden Fall ein grauenhaftes Gefühl gewesen, einfach so abtransportiert zu werden. Jemand hatte ihm seine Selbstbestimmung entrissen und das ging sozusagen gegen die Verfassung. Hatte sich ermächtigt seinen Körper einem anderen Aufenthaltsort zuzuführen, hatte ihm alle Kontrolle genommen. Karl-Gustav fasste sich an die Schläfen, Wut und Scham darüber, dass er das geschehen lassen hatte, stiegen in ihm hoch. Er beugte sich nach vorne und ließ den Kopf auf die Tischplatte fallen.

Dann fiel ihm ein weiteres Fragment aus der Nacht ein. Der Serienmörder hatte gesagt, Karl-Gustav durfte seinen Weg nicht gehen, oder so ähnlich. Als hätte dieses Phantom sich in sein Gehirn gebohrt, warum wusste er nur so viel über ihn. Derjenige wusste auch, dass er nach langen Schreibexzessen in einen katatonischen Erschöpfungszustand verfiel und wehrlos war. Jemand hatte darauf spekuliert. Jemand aus seiner direkten Umgebung. Ein kalter Schauer lief Karl-Gustav über den Rücken. Aber niemandem, den er kannte, konnte er das zutrauen. Georg regte sich zwar gerne auf, war in seinem Naturell aber harmlos. Wilhelm zu wenig zielorientiert. Svetlana war für solche Taten zu reflektiert. Und Elizabeth hatte überhaupt kein Motiv.

Vielleicht war es ja auch Frank, der sich jetzt als Retter ausgab. Er war stark genug, er hasste Geisteswissenschaftler, das hatte er gleich am Anfang klar gemacht. Und dann hatte ihn doch noch sein Gewissen gepackt und er holte ihn da wieder raus und spielte sich als Kumpel auf. Aber seine Stimme war so dunkel, er konnte leicht identifiziert werden. Und seine Statur passte nicht zu der Person, die sie am Fluss gesehen hatten.

Karl-Gustav hörte schwere Schritte die Treppe hochkommen und zuckte unwillkürlich zusammen. Seine Hände begannen zu zittern.

„Irmgard sagte, du sollst etwas essen", brummte Frank und hielt mit zwei gehäkelten Topflappen eine dampfende Schüssel mit Suppe.

In seiner bunten Schürze sah er wie ein übergroßer Heinzelmann aus.

„Was schaust du mich so an?", grummelte er und stellte das Essen auf dem Schreibtisch ab.

„Ich habe mich gerade gefragt, ob es nicht du warst, der mich eingesperrt hat", sagte Karl-Gustav tonlos und schnupperte an dem heißen Gericht.

Frank murmelte etwas in seinen Bart und trat zur Fensterbank, lehnte sich dort zu Karl-Gustav gerichtet hin an.

„Ich geb's zu, ich hätte euch alle gerne aus unserer Stadt vertrieben. Dieser William ist ständig betrunken, Georg permanent beleidigt, Svetlana ein Misanthrop. Das ist typisch für euch Philo-, Psycho- und Soziologen, ihr habt den Luxus euch den ganzen Tag mit nichts anderem als eurem Befinden zu beschäftigen und dabei kommt nicht heraus als ein großer Haufen Schrott", Frank verschränkte die Arme und schaute Karl-Gustav vorwurfsvoll an.

Karl-Gustav sagte nichts dazu. Wahrscheinlich stimmte das meiste.

„Naja, auf jeden Fall", Frank lockerte sich wieder auf. „Ich gebe es ja ungern zu… aber ich denke von der reinen Schreibtechnik aus gesehen hast du schon etwas auf dem Kasten, auch wenn eure Zunft nur aus eingebildeten, selbstverliebten…"

„Schon gut, ich kann es mir denken", unterbrach Karl-Gustav ihn. „Du hast mich also schreiben lassen und dann…"

„Quatsch!", rief Frank und fuchtelte mit den Armen herum. „Ich denke… wir müssen jetzt alle zusammenhalten, deswegen habe ich dir geholfen. Iss einfach deine Suppe."

Karl-Gustav folgte den Anweisungen. Das Essen schmeckte tatsächlich außerordentlich gut.

„Sind die anderen bereits abgereist?", fragte Karl-Gustav nach einer Weile.

„Schau dir den Dauerregen und den starken Wind an, sie warten, bis es trockener wird."

„Hat denn niemand nach mir gefragt?"

„Sie denken, du bist wie immer still und heimlich abgehauen."

„Hm", sagte Karl-Gustav und aß weiter. „Und wie soll es jetzt weitergehen?"

„Warte hier bis die ganze Aufregung abgeklungen ist, dann ist es sicherer für dich. Wer auch immer es auf dich und die jungen Leute abgesehen hat – ich denke es war dieselbe Person – wird weiterziehen."

„Und weitere von diesen feigen Anschlägen vollbringen."

„Wir wissen es nicht", Frank zuckte mit den Schultern, „wir können nichts machen, wir haben keinen konkreten Verdacht, ich weiß nicht… Was schlägst du vor?"

„Ich werde ihn dingfest machen", erklärte Karl-Gustav und legte den Löffel beiseite.

Frank fing an zu lachen. Er klang dabei wie ein Bär.

„Du hast recht, ich werde ihn nicht dingfest machen", Karl-Gustav ließ den Kopf hängen. „Ich bin tatsächlich niemand, der irgendwelche aktionistischen Dinge zustande bringt… Stattdessen kommen immer irgendwelche Leute und meinen, mich von A nach B schleppen müssen", er knirschte mit den Zähnen, „das ist jetzt nicht persönlich gemeint, ich bin froh, dass du mich da rausgeholt hast."

„Du hast so etwas an dir", bestätigte Frank, „dass Leute sich um dich kümmern wollen, vielleicht sowas latent Orientierungsloses."

Karl-Gustav sackte noch mehr in sich zusammen. So etwas wollte er jetzt nicht hören.

„Mein Kidnapper ist davon überzeugt, dass es nur eine Sache gibt, die ich gut kann", überlegte er laut. „Wir wissen alle, was das ist… Das könnte ich mir zunutze machen… es könnte funktionieren…"

„Was?", fragte Frank verwirrt.

„Es gibt etwas, das ich ausprobieren möchte", sagte Karl-Gustav jetzt an Frank gewandt, „im Rathaus habe ich eine alte Schreibmaschine gesehen. Könntest du sie mir hierher bringen? Und meine Brille ist mir abhanden gekommen, wenn du noch Ersatz hättest…"

„Wenn das heißt, dass du erstmal hier drin bleibst und keinen Mucks machst, okay", Frank zuckte mit den Schultern und schlenderte los.

Kurze Zeit später hatte Karl-Gustav eine altmodische, viel zu große Brille, die nicht ganz seiner Sehstärke entsprach, die alte Schreibmaschine und einen Stapel Papier vor sich. Er erinnerte sich vage daran, dass sein Großvater ein solches Gerät in seinem Arbeitszimmer stehen hatte, aber er hatte es ihn nie benutzen sehen. Vielleicht hatte er als Kind oder Heranwachsender damit geschrieben?

Karl-Gustavs Eltern hatten auf jeden Fall von klein auf mit Computern, Federn und Bleistiften geschrieben, aber wann diese Techniken eingeführt wurden, wusste er selbst nicht genau. Es war, als wären sie schon immer da gewesen. Er wusste, dass auf den anderen Kontinenten Kugelschreiber, Füller, Pinsel, Stempel und alles Mögliche benutzt wurde, aber es konnte sich bei ihnen nie durchsetzen. Schreiber liebten Minimalismus, Schlichtheit und Eindeutigkeit, es lag eine unwahrscheinliche Schönheit darin. Und sie verabscheuten vor allem technische Veränderungen, jede neue Entwicklung verlangte ihnen alles ab.

Karl-Gustav schloss die Tür des Arbeitszimmers, streckte seine Arme durch, atmete tief ein und aus, setzte sich wieder. Spannte ein Blatt ein. So gut es eben ging. Die Rädchen und Tasten klemmten und waren schwergängig, die ganze Maschine war etwas eingerostet.

Als er endlich so weit war wünschte er sich, er hätte seine Lektüre bei sich, um einen schnellen Blick reinwerfen zu können. Der Verlust dieses Buches ließ die Wut gegenüber diesem brutalen Schreiber, der diese Bezeichnung nicht mehr verdiente, hochkochen. Ein Schreiber, der einem anderen sein Buch wegnahm… dem war nicht mehr zu helfen. Er hoffte nur, dass Helga schlau genug war, um sich irgendwo zu verstecken und dort ausharrte, diesen Verlust würde er tatsächlich nicht verkraften.

Er musste sich auf seine Aufgabe konzentrieren. Karl-Gustav schloss die Augen. Wie gerne hätte er jetzt zur Einstimmung ein paar Seiten des Vogelbuchs gelesen und den wilden Geist aufgeschnappt, der dort drin lebte, etwas von dem Wahn mitgenommen, der sich zwischen den Zeilen herumtrieb, einen Hauch von Exzentrik eingeatmet. Er versuchte sich herein zu begeben in das Labyrinth aus Düsternis, Gewalt, Zerstückelung von Körpern und Seelen.

Seine Gedanken wanderten noch weiter. Die Texte, die die anderen Schreiber ihm zugesteckt hatten. Karl-Gustav atmete tief ein uns sog ihre Worte in sich ein, sie pulsierten durch seine Adern und versorgten seine Zellen mit den notwendigen semantischen Bestandteilen. Er dachte an die Entwürfe, die Helga ihm zum Lesen gegeben hatte, als die Welt noch in Ordnung war. Seine Lunge hob sich und vereinnahmte auch die Aura ihrer sorgfältig gewählten Worte. Seine Gedanken reisten durch die Zeit und hefteten sich an den Moment, in dem er das erste Mal ein philosophisches Buch gelesen hatte. Eine unvergleichliche Erfahrung, in der er einen Zugang zur Welt erlangte, den er nie mehr hergeben wollte. Ein Zustand, in dem er durch die Welt strömte wie durch einen Fluss und die Welt sich durch ihn bewegte. Sie sich gegenseitig aufnahmen und nicht mehr losließen. Atemzug um Atemzug lud er seinen Körper mit allen wichtigen Bestandteilen auf, um diesen einen Text zu produzieren. Diesen Text, der alle Begrenzungen, Schreibregeln, Formate und Genres sprengen sollte, der dafür sorgen konnte, dass jemandem der Kopf platzte.

Er schlug die ersten Tasten an. Sie ließen sich leichter drücken, als er gedacht hatte und gaben einen klickenden Laut von sich. Es war ungewohnt auf einer solchen Tastatur Texte zu schreiben, aber er lernte schnell und bald huschten die Finger über die Tasten und der Text wuchs vor ihm.

Seite um Seite füllte sich mit einem hochgradig verdichteten und verschlüsselten Wortgewebe, das sich aus gefühlt hundert verschiedenen Strängen spann, das sich in verschiedenen Sprachen mehrmals um sich selbst wandte wie ein Möbiusband, das sich stellenweise selbst zerstörte und dann wieder aus dem Nichts zu artikulieren begann. Ein Gewebe, das aus allen Nähten platzte, das vorgab einfach und verständlich zu sein, im nächsten Moment aber explodierte und diese Selbstzerstörung zelebrierte.

Zwischendurch brachte Albert ihm neues Papier und ein Glas Milch. Dann blieb er einen Moment in der Tür stehen und starrte ihn entgeistert an.

Die Geschwindigkeit, mit der Karl-Gustav tippte, wurde immer höher. Bald bewegten sich seine Hände wie von selbst und in Windeseile über die Tasten. Seine Gedanken wurden immer wirrer und verknoteter, sodass er fast Angst hatte, sich selbst mit seinen Worten zur Strecke zur bringen.

Draußen kam die Dunkelheit und mit ihr orkanartige Böen, die an dem Häuschen zerrten und unheimliche Geräusche in der ganzen Stadt verursachten. Alles schien zu klappern, zu vibrieren, zu zischen und zu heulen. Es war bald an der Zeit.

Noch ein paar Seiten, noch ein paar wichtige Entwicklungen und Wendungen, noch ein Einfall, noch eine Abhandlung und schließlich das Schlusswort, das nichts erklärte und nichts zusammenführte.

Endlich nahm er die Hände von der Maschine. Vor seinen Augen verschwamm alles, noch stärker, als er es sonst gewohnt war. Er konnte gerade noch so das letzte Blatt herausziehen, dann stürzte er ab.

Im Haus war es wundersam still und dunkel, als Karl-Gustav wieder zu sich kam. Er nahm den Stapel Blätter und schlich sich ins Schlafzimmer. Im Licht des Mondes, der in einem schnellen Wechsel von den Wolken verdeckt und wieder freigegeben wurde, konnte er Franks Gestalt im Matratzenlager ausfindig machen.

„Ich gehe jetzt zum Rathaus", flüsterte Karl-Gustav in seine Richtung, „du musst mir gleich einen Gefallen tun."

„Was soll ich tun?", Frank richtete sich auf und schlug die Decke zurück.

„Folge mir in dreißig Minuten und sperre mich erneut im Keller ein, ich warte dort auf dich", wisperte Karl-Gustav und drehte sich wieder um.

„Okay", murmelte Frank zögernd.

Karl-Gustav schlich sich davon, verstaute das Geschriebene unter seinem Hemd und betrat die Straße. Es war noch beeindruckender, als er es sich vorgestellt hatte. Der Regen schien aus allen Richtungen zu kommen, der Wind stürzte sich direkt auf ihn und vereinnahmte seine Kleidung, seine Haare, seinen Atem, einfach seinen ganzen Körper.

Über die Straße fegten Laub, Papierreste, Zweige und undefinierbarer Müll. Karl-Gustav hoffte möglichst unbemerkt zum Rathaus zu kommen. Das Gebäude, das er nie mehr betreten wollte. Es war kein Mensch unterwegs. So schnell er konnte rannte er durch die Pfützen und hatte Mühe, sich nicht vom Sturm mitnehmen zu lassen. Noch nicht zumindest.

Komplett außer Atem kam er an der großen Tür an und schob sie einen Spalt breit auf, schlüpfte hinein. Es kam ihm vor, als würden mehrere Jahre zwischen seinem letzten Aufenthalt und dem jetzigen liegen. Es war so viel in der Zwischenzeit passiert.

In der absoluten Dunkelheit versuchte er zu erahnen, wo der Treppenaufgang war, der nach oben führte. Zentimeter für Zentimeter tastete er sich an der Wand entlang und versuchte das große hölzerne Treppengeländer zu fassen zu bekommen, welches ziemlich am Anfang des Flures liegen musste. Wer wohl gerade in diesem Haus schlief, fragte er sich. Es war unheimlich, dies nicht zu wissen. Nicht, dass er mit seinen Händen in ein Gesicht fasste oder sowas.

Doch es war tatsächlich niemand unterwegs und er bekam stattdessen das massive Holz des Treppenaufganges in seine freie Hand. In Zeitlupe stieg er die Stufen nach oben, sie knarzten natürlich unter seinen Stiefeln. Er hoffte nur nicht, dass sie einbrechen würden.

Im ersten Stock angekommen fühlte er sich etwas erleichtert, immerhin war er schon so weit gekommen, ohne dass jemand versucht hatte ihn zu entführen oder umzubringen. Im Rathaus war es weiterhin still, er hörte nur das Klappern und Sausen des Windes draußen. Vom ersten Stockwerk aus tastete er sich weiter nach oben, die Treppe wurde jetzt enger und stärker gewundener, die Stufen knarzten noch mehr, denn hier war sicher seit Jahrzehnten niemand mehr unterwegs gewesen.

Im zweiten Stockwerk mündete die Treppe in einem Durchgang, der zu einem einzigen winzigen Raum führte. Karl-Gustav stieß die unverschlossene Tür vorsichtig auf. Er hatte gehofft diese Kammer zu erreichen. Sie war winzig, mit spitz aufeinander zulaufenden Schrägen. Glücklicherweise fiel der Mondschein immer wieder durch das Fenster, sodass Karl-Gustav sich orientieren konnte. Die einzige Einrichtung, die sich hier fand, war ein Sekretär und ein Holzstuhl, auf dem Boden ein weicher Teppich. Hier ließ es sich bestimmt vortrefflich schreiben. Aber das hatte er nicht vor.

Er durchquerte mit zwei Schritten den Raum und trat an das einzige Fenster, um hinauszusehen. Von hier oben konnte er fast die ganze Stadt sehen, die verschlafen in der Dunkelheit lag. Gerade wurde eine rötliche Plastiktüte durch die Straßen gewirbelt, in den Pfützen sah er die Aufschläge des Regens.

Sein Mund fühlte sich trocken, die Hände verschwitzt an. Er öffnete das Fenster, es gab ein nicht zu vermeidendes, scharfes Quietschen von sich. Augenblicklich und bevor er reagieren konnte sauste ein kalter Luftzug durch den Raum und ließ die Tür mit einem lauten Knall ähnlich einem Bombeneinschlag zufallen. Das Geräusch ließ alles Leben aus seinen Gliedern fahren. Blitzschnell hievte er sich auf die Fensterbank und lehnte sich nach draußen. Der Wind zerrte erbarmungslos in alle Richtungen und Karl-Gustav musste sich mit einer Hand am Fensterrahmen festkrallen.

Mit einem Mal fühlte er sich überraschenderweise frei, losgelöst und abgehoben. Ein Gefühl, das nicht zu seinem Standardrepertoire gehörte. Er schloss die Augen und atmete tief ein und aus. Irgendwie war sein Gehirn frei von Gedanken, Analysen, Reflexionen. Und er war nicht gleichzeitig in der Katatonie.

Er holte die Blätter unter seinem Hemd hervor und schleuderte sie mit einem Schwung in alle Himmelsrichtungen. Der Wind griff sie gleich dankbar auf und verteilte sie für ihn über der Stadt. Der ganze Himmel war von rechteckigen Schneeflocken bedeckt, die ungesteuert herumflogen. Was für ein wunderbares Schauspiel das war, was für ein Anblick, es lag so viel schlichte Eleganz, Leichtigkeit und Zeitlosigkeit in den lautlos flatternden Worten, Sätzen und Geschichten, die sich nun ihren eigenen Weg suchten.

Karl-Gustav stieg wieder von der Fensterbank und huschte durch das Zimmer. Schon hörte er irgendwo Schritte. Ob sie zu Frank oder jemand anderem gehörten? Monumentale, brennende Panik erfasste ihn. Er konnte das Adrenalin auf der Zunge schmecken. Die Schritte waren noch weit weg, schwer zu sagen, in welche Richtung sie sich bewegten. Geräuschlos rauschte Karl-Gustav in das Erdgeschoss, dann Kellergeschoss. Der Gewölbekeller stand offen. Fast wäre er gegen Frank gerannt und hätte sich dabei einen Herzinfarkt geholt.

„Verriegele die Tür hinter mir und schleich dich unbemerkt heraus, es ist jemand hier", zischte Karl-Gustav ihm zu und kroch in den ungemütlichen Fast-Sterberaum.

Der Riegel senkte sich hinter ihm ab. Zurück blieb nur sein rasselnder Atem und das abartig klopfende Herz, das am Ausrasten war.

Mein Leben ist viel zu aufregend geworden, dachte Karl-Gustav, ich bin ein Schreiber, wir sitzen unser Leben lang hinter Schreibtischen und denken über die Welt nach, das hier ist hochgradig ungesund und unangemessen.

Fast hatte er Panik, von der Panik nicht mehr runter zu kommen. Ob sein Organismus eine solche Menge an Hypervigilanz wirklich aushielt? Eigentlich wollte er sich tot stellen, aber sein Körper dachte nicht daran. Natürlich in anderen Situationen schon, aber jetzt, wo er es wirklich brauchte, war nichts zu machen.

In den Armen und Beinen kribbelte es unaufhörlich. Mehr noch, die alten Todesängste, die er vor ziemlich genau 24 Stunden durchgestanden hatte, krochen wieder hervor wie Untote aus ihrem Grab. Die Dunkelheit, die alles verschluckte, dieser Verwesens-Geruch, die niedrige Decke über ihm, die schwere Tür, das alles verursache eine plötzliche Übelkeit, alle Organe schienen gegen diese Umgebung ankämpfen zu wollen. Er musste irgendwie durchhalten. Nie mehr würde er sich wieder in einen dunklen Keller begeben. Seine Mundschleimhäute zogen sich merkwürdig zusammen, er versuchte das Erbrechen zu unterdrücken und die Welle vorbei ziehen zu lassen. Schweißtropfen rannten über sein Gesicht, er atmete ein paar Mal geräuschvoll aus.

Dann bemerkte er den Lichtschein vor der Tür und langsame Schritte. Sie blieben vor der Tür stehen. Jetzt übernahm wieder die Panik das Ruder. Karl-Gustav war sich sicher, dass seine Synapsen gleich platzten. Sein Körper gab unkontrollierte Würgegeräusche von sich. Er schlang die Arme um sich und rollte etwas herum, blieb weggedreht von der Tür liegen.

Sehr zögernd wurde der Riegel hochgeschoben. Karl-Gustav zwang seine Glieder in die Bewegungslosigkeit. Presste die Zähne so fest es ging aufeinander. Die Tür öffnete sich und ein Lichtschein fiel herein. Musste wohl eine Taschenlampe sein, die ihn anleuchtete.

„Das kann einfach nicht sein", flüsterte kaum hörbar eine Stimme. „Das… das kann nicht sein…"

Karl-Gustav nahm all das Adrenalin in seinem Körper, sprang blitzartig auf, stieß als erstes mit dem Kopf gegen die Decke, bückte sich, lief auf das ihn blendende Licht zu, rannte gegen einen Körper, das Licht fiel auf den Boden, ein Schreien.

Der andere entwischte ihm, rannte zum Treppenaufgang, Karl-Gustav hinterher, ihm dicht auf den Fersen. Mehrmals stolperte er über irgendwas, fing sich wieder, tastete sich an der Wand entlang, beide fluchten. Der andere hatte jetzt einen kleinen Vorsprung, hechtete die Treppe hoch, Karl-Gustav hinterher. Im Erdgeschoss polterte es mehrfach, Karl-Gustav folgte wie ferngesteuert dem Mistkerl, der die Eingangstür angepeilt hatte.

Kaum waren sie beide draußen, schnappte Karl-Gustav sich einen Zipfel des schwarzen Jacketts, zog an ihm, sie stürzten beide auf die nassen Steine. Er drehte den anderen um, riss ihm den Hut vom Kopf und blickte in das verzerrte Gesicht von Svetlana.

Vor Schreck taumelte er zurück, musste erstmal verarbeiten. Sie nutzte die Gelegenheit und stieß ihn von sich und rappelte sich auf, stand wieder auf den Beinen.

„Wie konntest du mich nur in dieses Loch werfen?", schrie er. „Du warst es, du warst es die ganze Zeit!"

Sie schaute ihn nicht an, sondern drehte sich weg, um abzuhauen. Karl-Gustav packte sie am Arm, es entstand ein Gerangel. Im Nahkampf war er noch nie gut gewesen. Svetlana war da, woher auch immer, viel geübter, mit zackigen Bewegungen verdrehte sie seinen Arm, packte ihn am Nacken und zwang ihn in die Knie, sein Gesicht klebte jetzt am Kopfsteinpflaster. Körperlich war sie ihm weit überlegen.

„Du bist zu weit gegangen", quetschte sie wohl gegen einen inneren Widerstand ankämpfend zwischen den Zähnen hervor. „Du hast uns alle verraten, alles nur für deine Träume und Sehnsüchte, deine Wünsche", spuckte sie fast aus als hätte er einen Weltkrieg angezettelt. „Hast du dich denn gar nicht mehr unter Kontrolle? Deswegen musst du sterben, verstehst du das?", kreischte sie jetzt ohrenbetäubend. Das musste wohl schon lange raus.

„Und was ist mit deiner Lust am Morden, an dem Wunsch, andere zu unterwerfen und sich allmächtig zu fühlen? Das brodelte länger in dir, habe ich recht?", erwiderte Karl-Gustav, griff mit der freien Hand nach ihren Beinen und zerrte.

Wenigstens im Leute zu Fall bringen war er ganz gut. Sie verlor das Gleichgewicht und taumelte, er nutzte die Gelegenheit und befreite sich, stürzte sich mit seinem ganzen wenigen Gewicht gegen sie und drückte sie mit dem Rücken auf den Boden. Er würde diese Position nicht lange halten können, das wusste er.

Nur vage registrierte er, dass einige Leute angerannt kamen und sich um sie stellten.

„Hast du die Kinder umgebracht?", keuchte er.

Sie reagierte nicht. Der Regen floss über ihre Gesichter und hatte sie schon komplett durchnässt.

„Warum?", brüllte er jetzt aus vollen Lungen.

Jetzt war sicher jeder in Sema wach geworden.

„Dieser Text…", knirschte sie kaum hörbar, „wie hast du…"

„Du hast mich manipuliert", er packte sie und schlug ihren Kopf auf die Steine, „die ganze Zeit, wie konntest du nur?"

Dieser plötzliche Wunsch, physische Gewalt anzuwenden, überrollte ihn und ließ völlig neue Empfindungen aufkommen. Es fühlte sich nicht nur schlecht an, es hatte einen befreienden und losgelösten Aspekt.

Plötzlich sah er gerade noch rechtzeitig, dass sie ein Messer gezückt hatte. Es war das kleine Anspitzmesser aus seiner Aktentasche. Sie richtete es auf ihn. Einige Leute schrien auf.

„Du verstehst nicht, was passieren wird", giftete sie ihn an, „unsere Lebensform wird sterben, für immer."

„Vielleicht ist das tatsächlich besser so", er fixierte sie und jede ihrer Bewegungen. „Gib auf Svetlana, es ist vorbei."

Er sah die Verzweiflung, die Tragik in ihren grünen Augen. Ihre Haare waren zerzaust und klebten an der Stirn, so hatte er sie noch nie gesehen. Plötzlich hatte er Mitleid mit ihr, er wollte sie in den Arm nehmen und alles ungeschehen machen. Wenn es gehen würde.

Ohne nachzudenken beugte er sich zu ihr vor und griff nach der Hand mit dem Messer, doch sie entwand sich ihm, sie rangen erneut, diesmal drehte er sie mit dem Kopf nach unten, stürzte sich auf ihren Rücken, um sie am Boden zu fixieren. Und spürte wie das Messer sich dabei in ihren Brustkorb bohrte.

Vielleicht hatte sie doch aufgegeben, auf ihre Weise. Sie blieb mit dem Gesicht nach unten reglos liegen. Er ließ von ihr ab. Eine Blutlache breitete sich aus. Sie wusste genau, wo das Herz war, es war sicher kein Zufall. Benommen kroch er ein paar Meter rückwärts von ihr weg. Die anderen kamen jetzt näher. Stumm und bewegungslos verharrten sie dann.

Die Zeit war irgendwie stehen geblieben. Es wurde hell, der Regen zog weiter und der Wind zerrte an ihnen, aber sie standen und saßen immer noch an derselben Stelle. Karl-Gustav konnte den Kopf nicht heben und den anderen in die Augen schauen. Er sah, dass viele von ihnen die von ihm geschriebenen Seiten in den Händen hatten. Vielleicht hielten sie alle zusammen gerade eine Andacht für Svetlana und die anderen, ihre Opfer. Wortlos, obwohl sie sonst so wortreich waren. Stumm, obwohl ihre Stimmen sonst über den ganzen Planeten und darüber hinaus, hallten. Leer, auch wenn sie seit ihrer Geburt so reich an Ideen und Impulsen waren. Erstarrt, auch wenn ihre Hände und Köpfe sonst nie still standen.

Aus der Ferne näherte sich plötzlich eine Stimme. Sehr langsam kam sie näher und durchdrang ihre Trauergemeinschaft. Vorsichtig begannen die ersten von ihnen, sich zu bewegen. Karl-Gustav fühlte sich von den Ereignissen noch wie eingefroren. Er konnte gerade noch den Kopf drehen.

Es war Angelika, die auf Krücken gestützt die Straße herunterhumpelte. Sichtlich erschöpft. Sie blieb vor ihrer Gruppe stehen und starrte wie gebannt auf den Leichnam. Erneut versanken alle in ihrem Inneren und starrten mit ihr auf dieses unbegreifliche Ereignis. Es waren notwendige, heilsame Momente.

„Die Nachricht kam gerade rein", räusperte sich Angelika und durchschnitt die kollektive Starre. „Die Stromversorgung funktioniert wieder uneingeschränkt."

Karl-Gustav musste erstmal überlegen, was es damit auf sich hatte.

„Die neue Software, der neue Text… wir sind wieder verbunden", lächelte Angelika. „Es gibt eine Million Neuigkeiten und Aufträge von den anderen Kontinenten."

Ein vorsichtiges Gemurmel setzte ein. Und auch Karl-Gustav richtete sich langsam auf und wandte den Blick von Svetlana ab. Nach und nach verteilten sich die anderen in alle Richtungen. Nur Angelika und er blieben zurück.

„Es ist vorbei", bemerkte er schließlich.

Und doch konnte er sich von diesem Platz nicht entfernen. Er war nicht fertig. Er konnte sich nicht losreißen.

„Ich kann immer noch nicht verstehen, wie sie das machen konnte", sagte er mehr zu sich selbst.

„Es ist schwer zu glauben", stimmte ihm Angelika zu.

„Geht es dir besser?", fragte er.

Angelika nickte und legte ihre Hand auf den Bauch. Unter ihrem Pullover befand sich wohl ein großer Verband.

„Es tut mir so leid, es war meine Schuld, ich habe dich in Gefahr gebracht."

„Du wusstest es nicht."

„Vielleicht doch und ich wollte es nur nicht wahrhaben. Der Verfolger am Fluss, sie war es...", erinnerte er sich und brach ab. „Was ist mit Helga?"

Angelika schüttelte den Kopf.

„Ich muss sie suchen, wenn sie noch lebt", endlich konnte er sich von Svetlana abwenden.

Er eilte an Angelika vorbei. Lief instinktiv den Weg, den sie genommen hatten, als sie nach Sema einreisten. In den Häusern rechts und links herrschte reger Betrieb, alle waren in heller Aufregung. Es wurde gelacht, gerufen, Türen geknallt, Leute rannten durch die Straßen. Als wären sie aus einem Tiefschlaf erwacht. Als hätte sich die Welt mit einem Mal geöffnet, so wie nie zuvor.

Karl-Gustav lief zum Stadtrand, dort wo der Feldweg einsetzte. Ein letztes Mal drehte er sich zu der Stadt hin um. Irgendwie hatte er das Gefühl, er würde keinen weiteren Fuß mehr hier reinsetzen. Er hatte seine Pflicht getan, sogar weit mehr als das. Jetzt gab es bessere Orte, die auf ihn warteten. Er beschleunigte seinen Schritt und lief auf das nebelverhangene Moor zu.

Und plötzlich trat Helga aus den Schwaden wie ein merkwürdiges Gespenst und rannte auf ihn zu. In der Hand hielt sie eins seiner beschriebenen

Blätter. Glückseligkeit und Erleichterung durchfluteten ihn augenblicklich. Sie fielen sich in die Arme.

„Ich dachte, ich würde dich nie mehr wiedersehen", schluchzte sie.

„Ich auch", Karl-Gustav spürte einen dicken Kloß im Hals. „Was hast du gemacht?"

„Ich wusste, dass dir etwas zugestoßen sein musste, also bin ich in das Moor gerannt und habe mich dort versteckt. Bis ich heute Morgen diesen wahnwitzigen Text von dir fand, was um Himmels Willen ist dieses verrückte Geschreibsel?"

Sie lösten sich voneinander und Helga wischte sich die Tränen aus dem Gesicht.

„Ich… ich… Svetlana war es", stotterte Karl-Gustav und setzte sich auf das feuchte Gras.

„Was? Bist du dir sicher?", Helga ließ sich mit offenem Mund neben ihn fallen.

„Ich… ich habe mein Buch verloren… meine Aktentasche… Svetlana hat mich in diesen schrecklichen Keller…", er kniff die Augen zusammen und schüttelte sich, „zum Glück kam der Wind, ohne den Wind wäre ich verloren. Er zieht in den Südosten, dort will ich auch hin… Ich muss die Littera zurücklassen, aber es gibt keine Alternative… ich werde übersetzen, durch das Meer, auf den Stromversorgungs-Kontinent."

„Was?", rief Helga und schaute ihn entgeistert an.

„Es funktioniert wieder alles. Was willst du machen?"

Helga schlang die Arme um die Knie und legte ihren Kopf darauf ab. Schaute ihn von der Seite aus an.

„Ich werde hier bleiben, ich habe das Gefühl, es gibt so einiges, was ich noch vorantreiben möchte, jetzt ist ein guter Zeitpunkt für Veränderungen", sagte sie schließlich.

Karl-Gustav nickte. „Das verstehe ich. Du kannst in meinem Haus wohnen, es steht dir zur vollen Verfügung."

„Wie willst du übersetzen, es gibt keine Fährverbindung", warf Helga ein.

„Ich werde mir etwas einfallen lassen", murmelte er und sein Blick schweifte in die Ferne.